山川記代香

大丈夫、私を生きる。

集英社

はじめに　――三つの問い

あなたは、どんな人生を歩んでいますか？

あなた自身、自分の生き方に満足をしていますか？

あなたという存在をどれだけ他人に伝えられていますか？

この三つの問いは、私がこれまで生きてきた中で何度も向き合い、答えを探し続けてきたことです。

なぜなら、「自分は人とは違う」ということを、いつも意識させられるから。そして、「人と違う」ことで数えきれないくらい傷つき、悔しい気持ちを感じてきたからです。

それでも前を向いて生きていくためにはどうすればいいのか、ずっと考えてきました。

私は、顔がうまく形成されない難病、「トリーチャー・コリンズ症候群」の病名を手にして誕生しました。

人と違うとわかった瞬間、私を見る目は好奇の目に変わります。

ただ歩いているだけ。
ただ買い物をしているだけ。
ただご飯を食べているだけ。

誰もが何気なくしている行動を私もしているだけなのに、通りすがりの知らない人たちから、上から下まで、穴があくんじゃないかというぐらい無遠慮に見られ続けるのは、とてもしんどくて悲しいことです。

ときには、いきなり指をさされ、「怖い」「変な顔」「おばけみたい」などと、好き勝手なことを言われることもあります。

私の方を見ながらコソコソと内緒話をされたり、一度通り過ぎてからわざわざ私の顔を見に戻ってきたり、私の後ろをストーカーのようにつきまとってくることもあります。

そういうことをしてくるのは、たいてい何人かの集団です。ひどいときには、子どもをたしなめる立場であるはずの親までが一緒になって笑うこともあります。

こうしたことを、私は生まれたときから体験してきました。

トリーチャー・コリンズ症候群は、ときには死の危険と隣り合わせにもなる病気で、私自身も両親の懸命な努力のおかげで奇跡的に生きることができています。

これまで数えきれないほどたくさんの手術を受けてきたのも、見た目を良くするためではなく、生きていくために必要だったからです。

この病気のことを何も知らない人たちから、白い目で見られ、指をさされて笑われたりするたび、悲しさと悔しさで胸がいっぱいになります。本当は言い返したいのに何も言えない。表向きは平気な顔をしていても、心は深く傷ついています。

悔しくてもただ泣くことしかできない。そんな自分がもどかしくて、変えたくて、でも変われない。何年も苦しい想《おも》いをしてきました。


今の医学では、トリーチャー・コリンズ症候群を完全に治すことはできません。どんなに嫌なことをされても、この顔を変えられないのが現実です。

だから私には、今の自分の顔を受け入れる以外の選択肢はありません。

トリーチャー・コリンズ症候群になるのは、およそ五万人に一人。正直、「なんで、私なん？」と、理不尽に思うときもあります。

この見た目も含めて「山川記代香」というひとりの人間である自分、そんな自分のすべてを受け入れるのは、やっぱり難しい。

つらいこと、苦しいことがあたりまえのようについてくる人生……しかたないと自分に言い聞かせながらも、「ずっとこのままでいいんだ?」「もう少し楽に生きる方法はないん?」と、問いかけずにはいられない自分がいます。

高校三年生のときに経験したある出来事をきっかけに、私はそんな自分の想いを発信するようになりました。

本当は人前で話すことは大の苦手ですし、自分に投げつけられた「変な顔」「おばけみたい」といった言葉を口にするだけで、そのときの気持ちが蘇《よみがえ》って、涙が出てきてしまいます。それでも、当事者である自分が伝えることで、人々のこの病気に対する理解が深まってほしい、そして、自分自身や同じ病気を持つ人や見た目（外見）で悩む人たちが安心して生きていける世の中になってほしい。

この本では「障がい」や「障碍《しょうがい》」ではなく、「障害」という言葉を使っています。それは、社会の理解が深まらなければ、「害」という字だけ置き換えてもあまり意味がないのではないかと思うからです。

差別や偏見が良くないということは、みんな頭ではわかっていると思います。

それでも、無意識の先入観や狭い価値観がある限り、世の中から差別や偏見をすべて取り除くことは難しいのではないでしょうか。

心の中で思うことは自由でも、それを表に出せば傷つく人がいるということを忘れないでほしいのです。

そんな思いやりと共に、もしトリーチャー・コリンズ症候群という病気のことを多くの人が理解していたら、周囲の接し方も随分変わってくるのではないかと思います。車椅子に乗っている人たちが街に出やすくなってきたように、いつか見た目の障害への偏見がなくなる日が来るかもしれない。そう思って、頑張っています。


顔を出して実名で発信していることに対して、「すごい」「どうしてそんなに強くなれるの？」「自分には真似《まね》できない」などと、よく言われます。

人前に立つことが強いのでしょうか？

それとも、この病気と向き合えていることがすごいことなのでしょうか？


私自身は自分のことを「強い」と思ったことは一度もありません。

基本的にマイナス思考でネガティブな人間なので、何かあるとすぐ自分の嫌な部分ばかりで頭がいっぱいになり、すべてが悪い方向に流れていってしまいます。

壁にぶつかったときには、「どうして私はできやんの？」「怖い！　逃げたい！」と、足がすくんで動けなくなります。そんな弱い自分が大嫌いです。

そんな私に「記代香ならできる！」「大丈夫！」「記代香にしかできないことがあるよ！」と背中を押してパワーをくれる人たちがいます。どんなに転んでも手を差し伸べてくれる人がいるから、私は何度でも立ち上がれるし、転ぶのは恥ずかしいことじゃないと思えるのです。

転ぶのは痛いけれど、その痛みを知らなければ、傷ついた人を思いやったり、寄り添ったりすることはできないでしょう。転んだことで、足元の小石にも気づくことができます。たくさん転んで、痛い思いをすることで、人は大きく成長していくのではないでしょうか。

山川記代香という人間は、こうして成り立ってきたのだと思います。

「自分には助けてくれる人なんていない」という人もいるかもしれません。

でも、人間はけっしてひとりで生きていくことはできない動物です。周りにいる誰かと手を取り合って生きていけるからこそ、人は前に進んでいけるのだと、私は思います。

自分はこの世にたったひとりの大切な存在だということ。

人は、必ず誰かに支えられて生きていること。

人間とは何か。

生きるとは何か。

五万人に一人という割合のトリーチャー・コリンズ症候群を持つ人間に選ばれたこと。ある意味、私は強運の持ち主なのかもしれません。見た目の障害を持って生まれたことで経験してきたつらいこと、悲しいことと向き合ってきたからこそ、生きることの尊さも含め、たくさんのことを学べたのだと思います。

私のような障害を持っていなくても、人と違うことで悩み、苦しい気持ちを抱えている人がいるとしたら、私の姿から少しでも何かを感じてもらい、誰もが堂々と「私は私！」と生きていける世の中になればいいなと願っています。

どんなに不安で苦しくても、必ず乗り越えられるときがくる。

この本が、そんな希望を届けることができますように。

目次

構成　加藤裕子
カバー・プロフィール・26頁下写真　井上佐由紀
本文写真提供　山川記代香
ブックデザイン　名久井直子

第一章

見た目は変えられないけれど

視線という「凶器」

私は初めて会う人の目が怖いです。

これまでたくさん嫌な想いをしてきたからかもしれません。

また知らない誰かの目に傷つけられるのではないか……。

いつも恐れている自分がいます。


人と違った顔を持つ私にとって、嫌な視線を向けられるのは、生きている限り避けられない現実です。外に出れば必ず、驚きや好奇心むき出しの視線にさらされ、見ず知らずの人から心ない言葉を投げつけられます。

見慣れないものが目に入り、思わず見つめてしまうということはあるでしょう。私の顔を初めて見て、驚く人もいるかもしれません。それはしかたがないと私も思います。

でも、私の場合、それだけですまないということがほとんどです。

「目は口ほどに物を言う」ということわざがありますが、私は自分を見る人たちの目に、まるで凶器と同じような怖さを感じます。

見ている方は「さりげなく見ているだけ、気づかれていないだろう」と思っているかもしれません。でも、見られている方はどんな視線が自分に向けられているのか、必ずわかります。

たくさんの知らない人の目によってどれほど傷つけられるのか、少しでも想像してみてほしいのです。

家から一歩外に出るということは、あちこちから飛んでくる「視線の凶器」を受ける覚悟が必要なのだということを……。

「何もしてへんのに、なんで私が傷つかなあかんの？」

そう思いたくなくても、その都度思ってしまう自分がいます。

子どもの頃は、小さくうつむいてぐっと耐えることしかできませんでした。成長してからも、せいぜい、じっとにらみ返すだけ。ひどいことを言われても何も言い返せず、何度も悔し涙を流してきました。まるで社会から一方的にいじめを受けているような気持ちでした。

言い返せない私がしていること

そんな私を全力で守ってくれたのは、母です。

見ず知らずの相手だろうとなんだろうと、母は遠慮なく言い返し、ときには相手を追いかけてでも注意します。


「なんで笑うん？」

「なんでそんなことするん？」

「この子がなんか悪いことした？」

「それ自分がされたらどう？　嫌やろ？　だったらしゃんといてよ」


こちらが「そこまでせんでも……」と恥ずかしくなるぐらい、母はまっすぐに相手に向かっていきます。「あんなふうに言えたら楽やろうな」と思うけれど、性格も違うし、正直、私は母のようにはできないし、なれない。だけど、大人になれば、いつも母がそばにいてくれるわけではありません。

母のようにできないなら、どうすれば自分が受ける傷を小さくできるんやろうか……。

無意識のうちに、ずっと考えていました。


そして、あるとき思ったのです。

私にひどいことを言ったり、指さして笑ったりする相手は、たぶん人生の中で一度しか会わない人たちでしょう。だったら、サラっと流してしまった方が、心の負担は少し軽くなるんじゃないか、と。

母のように「あなたは間違っている」と、その場で反論することも大切ですが、いちいち反応していたらきりがないし、ひどいことを言ってくる人たちの言動すべてを受け止めていたら、私の心は押し潰《つぶ》されてしまうでしょう。

せっかくの外出なのに、楽しい時間をそんなつまらない人たちに費やすなんてもったいない。何より、私は何も悪いことをしていないのだから、堂々としていたい。

これまでたくさん流してきた涙をためこんでいたら、溺《おぼ》れるほどの量になってしまうでしょう。そうなる前に、つらい気持ちを吐き出して、リセットしていこう。

そんなふうに割り切ることも、私にとっては「勇気」です。

それでも、あまりにしつこく見てきた人に対しては、私の方からも上から下まで見返すことにしています。そうすると必ず向こうから去っていくのです。

人生を変えたマスク

私にとって、マスクは視線という「凶器」から自分を守る方法のひとつです。

少しでも目立たないように、周りに馴染《なじ》めるように、外に出るときは必ずマスクをつけます。

大げさではなく、私はマスクに出会って、人生が大きく変わりました。

生まれたとき、耳が完全な形で形成されなかった私は、長い間、マスクをつけられませんでした。

小学校の給食当番では、白い帽子にエプロン、ガーゼのマスクを身につける決まりがあり、耳がない私は、マスクの紐《ひも》同士をひとつに結び、頭からかぶるようにしてつけていました。マスクを簡単につけている同級生の姿を見るたびに「あぁ……うらやましい」という気持ちになる。そんな自分がとても嫌でした。

聴力は補聴器を使うことで補えましたが、耳がないという見た目の問題は気になりましたし、マスクやメガネをつけられるようになりたかったので、耳を作る手術を受けることにしました。現在の私の両耳は、小学三年から中学一年まで、長期の入院を伴う八回（片耳四回ずつ）の手術を受けることで、ようやく完成したのです。

「マスクをすると、ジロジロ見られることがこんなにも減るんや！」

他の人と同じように簡単にマスクをつけられるようになって、まっ先にこう感じ、あまりの違いに、驚かずにはいられませんでした。

今でもマスクをつけたとたん、まるで別世界にいるように感じられます。大げさに聞こえるかもしれませんが、私にとっては、それぐらい劇的な変化です。

以前は、知らない人たちの視線が気になって、初めてのところに行くときは気後《きおく》れし、「やっぱり、行かんとこ」となることも多かったのですが、マスクをつけることで行動範囲も随分広がりました。

知らない人たちの中にいても、変に気を張らずにいられるし、ソワソワしなくてすみます。それは、マスクなしでは得ることが難しい、大きな安心感です。

見た目の問題だけではなく、トリーチャー・コリンズ症候群が原因で口呼吸になってしまう私にとって、マスクは風邪《かぜ》予防にもなる、とても大切なアイテムです。

以前なら、マスクをしたままで話すのは相手に失礼だ、という考え方もあったと思いますが、コロナ禍では誰もがマスクをつけるようになりました。マスクをつけていてもあたりまえと受け入れられるのは、私にとって、とても助かることです。

「正解」はない、無理はしない

マスクは私にとって日常生活に欠かせないものですが、マスクなしで過ごせたらいいな、とも思います。

多くの人が感じる「息苦しさ」「蒸れて気持ち悪い」「うっとうしい」「面倒くさい」といった点は、私にとっても悩ましいところです。

また、私はほとんど頬骨《ほおぼね》がない状態で生まれてきたため、頬に脂肪が少なく、フィットする市販のマスクがなかなか見つかりません。子ども用や小さめサイズなどいろいろ探してはいますが、縦はよくても横がはみ出たり、大きすぎてズレたり、目にかかったりします。今は、自分の顔にフィットするように折り込んで、余った部分をホチキスで留めています。この方法は、ネットで見つけた、小顔に見せるマスクのアイデアがヒントになりました。ワイヤーのあるマスクはズレにくいのですが、頬骨がない分、鼻にくいこんでしまい、跡も残りやすいので、百円ショップで売っているノーズクッションをマスクにつけるなど、なんとか工夫しています。

マスクには、目しか見えないので表情がわかりにくいといった、コミュニケーションの問題もつきまといます。

私には難聴もあるので、マスク越しだと普段より声が聞き取りにくくなります。一方、自分が話す声も相手に伝わりづらかったりします。

また、マスクがあっても、見ず知らずの人の視線から必ず守られるとは限りません。

様々なデメリットを我慢してマスクをつけていても、頬骨が低い私のマスク姿は見た目に違和感があるのか、ちらちら見てくる人もいますし、どうしても嫌な目にあってしまうことはあります。

トリーチャー・コリンズ症候群だけでなく、生まれつき顔にあざがあるなど見た目のコンプレックスを持つ人は、たくさんいるはずです。人目を避けるためにマスクをつける人も少なくないのではないかと思います。本当なら、誰もがありのままの素顔でいられる世の中であってほしいです。

ただ、マスクなしで生きるのが「正解」とされるのは違う気がします。みながみな、凶器のような視線に耐えられるわけではありません。「マスクをはずせない自分は弱くてダメな人間だ」などと、自分を責めても、何も解決しないでしょう。

今の私は、マスクをしていてさえ嫌な目にあうのに、マスクをはずしたらどうなるか、と考えると、やっぱり怖いし、不安です。

マスクをつける／つけないは、それぞれの判断ですればいいことで、誰かが決めるものではないと思います。

無理にマスクをはずさなくても、はずせるときがきたらはずせばいい。

そんなふうに思っています。

「見ちゃダメ！」と言わないで

時々、私のことを「見ちゃダメ！」と、子どもに言っている人がいます。

確かに、ジロジロ見られるのはとても不快です。

そういう意味で、「見てはいけない」と気遣うことを否定はしませんが、「見ちゃダメ」という言葉には、違和感があります。

「見ちゃダメ」と言われた子どもは、「ああいう人たちを見ては絶対ダメなんだ」と思うでしょう。

でも、見なければ、私のような障害を持つ人たちの存在に気づくことはできません。

障害のある人を見たら、子どもは最初違和感を抱くかもしれません。また、子どもは思ったことをそのまま口にしますから、「変な顔！」などと大きな声で言ってしまうこともあるでしょう。それで周囲にいる大人が焦ってしまうのはわかります。

私自身の経験では、子どもたちが「変な顔！」「どうして、そんな顔なの？」と口にするのは、悪意があるというより、ただ心の中で思ったことがストレートに出てしまっただけ、ということが多い気がします。

悪意がないとしても、そんなことを言われれば傷つきます。それでも、「そういうことを言うのは間違っているよ」ときちんと教える親の姿を見たときは、本当に救われる気持ちになります。

時間が経《た》ってからでは、記憶が薄れてしまう可能性もあるので、子どもが何か言ったときにはすぐ教えてあげてほしいです。そうすれば、子どもはその場で反省し、「安易に見た目で偏見を持つのはいけない」ということを素直に学べるでしょう。そして、後になって、「ああ、そういえば、あのとき見たあの人はこういう障害を持っていたんだな」と気づくかもしれません。

「見る」という経験は「知る」きっかけにもなります。そう考えれば、世の中に「見てはいけない」人も物もないのではないでしょうか。

見た目は変えられないけれど

「外見より中身が大事」と言われることもありますが、「本当なん？」と、疑ってしまいます。

見た目の障害で苦労している私も、知らない人に声をかけなければいけない場面では、「この人は優しそう」などと、外見や雰囲気から中身もそうだと決めつけてしまうことがよくあります。たとえば、男性だから／女性だからといった見た目のイメージで決めつけ

噛み合わせを改善する治療の一環として行なった歯科矯正。前例がない中、担当の先生があれこれ試行錯誤してくれたおかげで、満足のいくきれいな歯並びになりました。

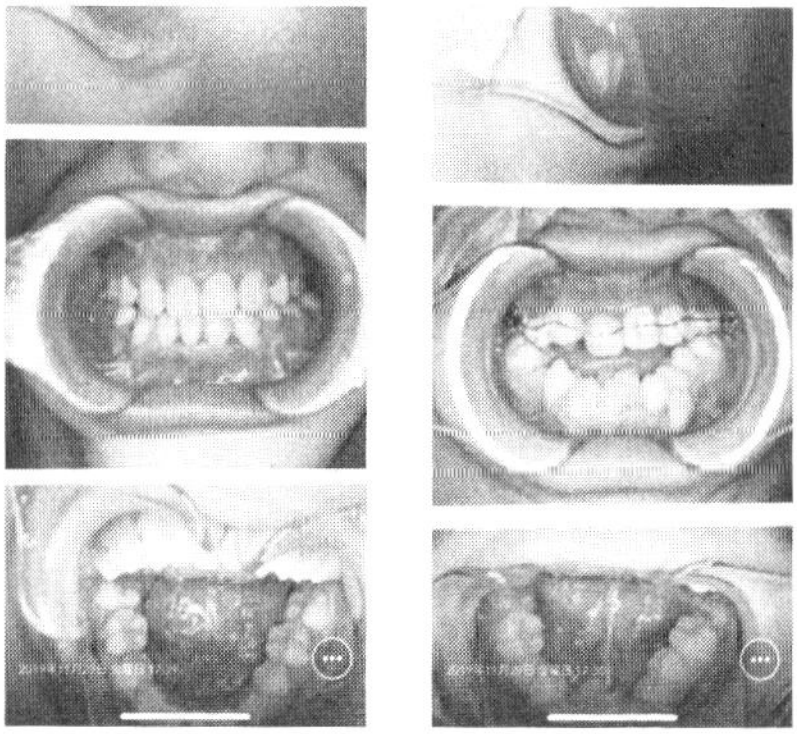

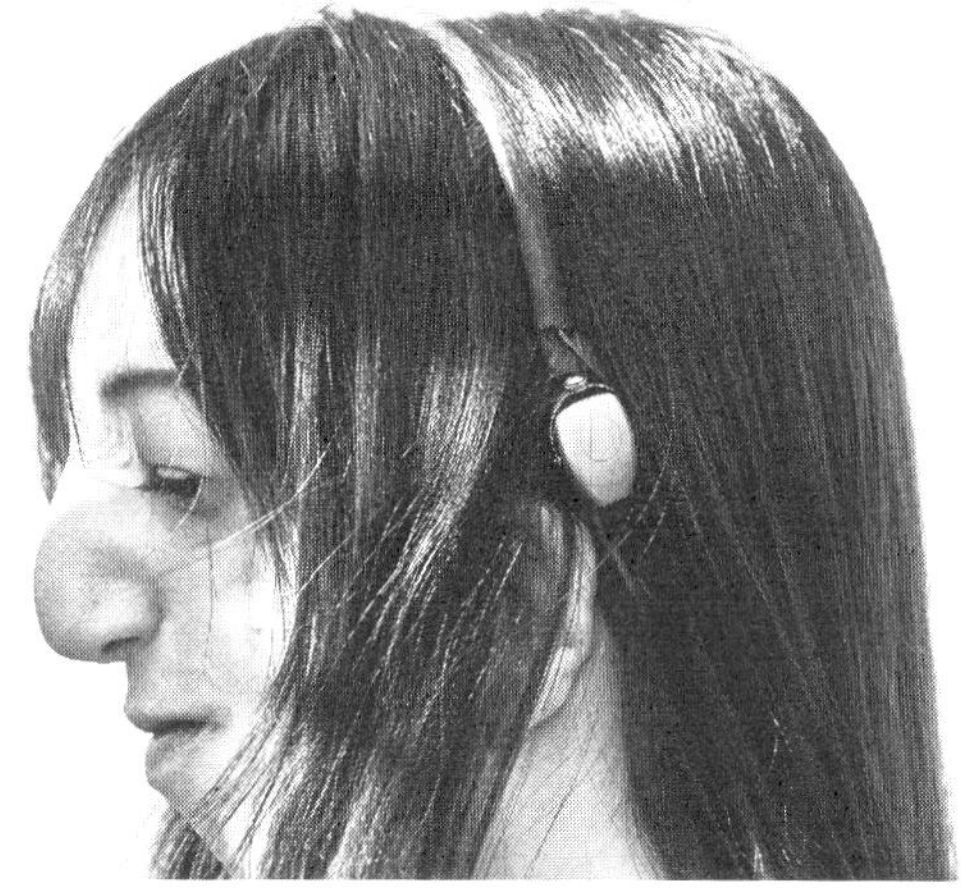

生まれつき耳がなかった私にとって、日常生活に欠かせない補聴器。現在、使っているのはカチューシャタイプの骨伝導補聴器です。普段は髪に馴染むよう工夫しているので、あまり気づかれないようです。

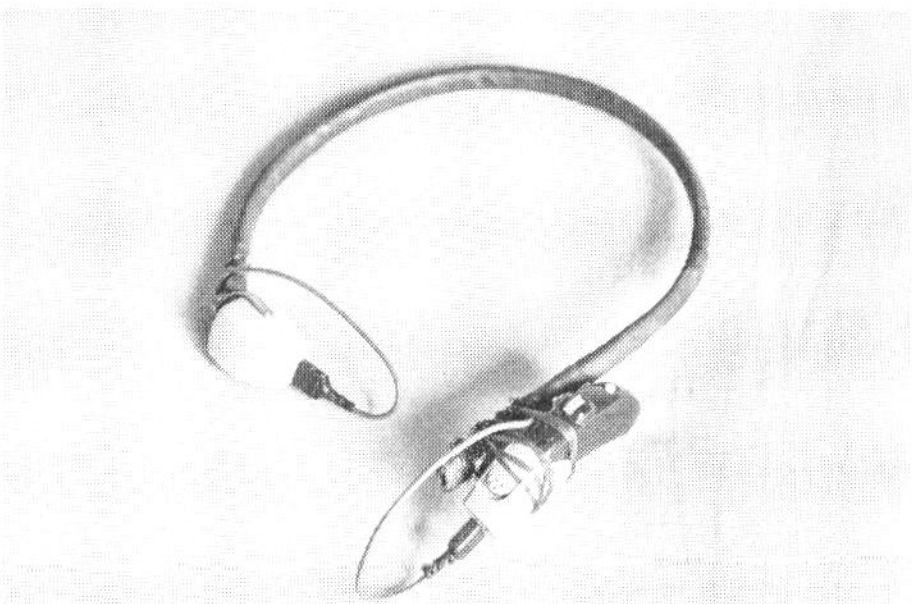

小学校高学年頃から、長期入院中のお供はファッション雑誌でした。自分にどんな系統のファッションが似合うのか、いろいろ挑戦しています。おしゃれしているときが一番楽しいです！

2022年夏、16歳で虹の橋を渡っていった大好きな力空（りく）。つらいときは必ずそばにいてくれる優しい子で、たくさん大切なことを教えてくれました。今でも心の中には力空がいて、私を励ましてくれています。

てしまうこともそうですし、世の中では見た目で判断したり、されたりすることは多いのではないでしょうか。SNSやニュースで見て「この人はこういう人」と思い込んでしまうことはよくありますが、見えている姿だけがすべてではありません。実際に話してみると、相手の話し方やしぐさから「見た目は怖そうだけど、優しい人なんや」と、最初のイメージが変わることも多いです。それでも見た目から無意識に生まれる先入観からなかなか逃れられないように思います。

だから、初対面の人と話すときは、とても緊張します。

私の顔を見て驚く人を見てきて、どんな反応をされるのか、正直、怖いし、素の自分を見せることはほぼないような気がします。

人からは「おとなしい、真面目《まじめ》、優しい」と言われますが、他人と合わせているからこそう見えているのかも……。

もっと気軽に誰とでも話せたら、人間関係の輪も広がっていくのかもしれないけれど、人見知りの性格はなかなか変わりません。大人になって、自分のことを発信する場面が増えてきた今、これは大きな悩みです。

私にとって、人との出会いは、基本、マイナスからのスタートです。ときには、相手の言動から「対等に接してもらってへんな」と感じ取ることもあります。

考えようによっては、元々マイナスの状態にある私は「こんなことしたらマイナスになるんじゃないか」ということを、あれこれ気にする必要はないのかもしれません。あとはプラスを増やすのみです。


どうやってプラスを増やしていくのかを考えたとき、思いついたのは「雰囲気」です。表情や話し方、服装などに少し気を配れば、いくらでも変身できる気がします。だから、私がおしゃれをするときには、容姿ではなく雰囲気を変えることを大切にしています。


自分を輝かせる、おしゃれのパワーはすごく大きいと思います。

小さい頃から、補聴器の機械につけるワッペンやカチューシャのリボン、ピアノの発表会の衣装、近所やいとこのお姉ちゃんからのお下がりなど、かわいいものを身につけると、子どもながらに気持ちが上がりました。特に、父や近所のおばさんが手作りしてくれたワッペンやカチューシャは、補聴器がトレードマークだった私にとって自分だけの特別なアクセサリー。周りからほめられると、うれしくてたまりませんでした。

小学校高学年になると、手術で長い間入院しているときはファッション雑誌も読むようになり、いろいろなタイプのファッションに挑戦しては、自分に合うスタイルを探してきました。社会人になって自由に使えるお金が増えてからは「エクステ（付け髪）付けてみたい！」「ジェルネイルしてみたい！」など、今までやったことのないことにも興味がわき、自分からサロンを探してひとりで行くこともあります。

気がついたら、おしゃれしたいがために、誰の手も借りずに積極的に動けるようになっていました。行動力のない私にとって、これは大きな成長です。

思春期の悩み

そんな私が、長い間、どうしても踏み出せなかったことがありました。それは、メイクです。

「自分に障害がなかったら、どんな顔やったんかな？」

そんなことを思うようになったのは、思春期に入る頃でした。

この当時、見た目を気にしていたのは周りよりも私自身だったのかもしれません。

友だちと一緒に買い物に行っても、私と一緒にいることで嫌な想いをさせてしまうのではないかと、なんとなく引け目を感じていました。

ありのままに自分を受け入れてくれる人たちに囲まれ、見た目のことは何も気にしないでいられた幼い頃と違い、周囲の友だちがどんどん大人っぽくなっていく中、私ひとり、体は大きくなっても、顔や骨格はいつまでも子どもっぽいまま。放課後や休日、思いっきりメイクやおしゃれをした友だちのプリクラ写真がＳＮＳで回ってきたりすると、うらやましくて、胸がしめつけられるような気持ちになりました。

でも、自分ではどうにもできません。

もし自分にちゃんと頬骨があったら、メイクもできて、少しは大人っぽくなれるんかな。メイクしてみたいけど、自分みたいなんがメイクしたらおかしいよな？
気持ち悪いよね？　絶対周りもそう思うよね？
右目が閉じきれんから、アイシャドウの粉がすぐ目に入るやろうし、涙目になるからアイラインをしたらにじんで黒くなる。
メイクしたって、どうせこの顔は良くならんよな……。

そうやって、「自分はメイクをしたらあかん！」と無理やり結論づけていたのです。他のことは何でも話せていた母にも、「どうせできへんのやから、困らせてしまう」とひとりで思い込んで、この気持ちだけは言えませんでした。

整形すればいい？

悪気はないのだと思いますが、「整形すればいいのに」と言われたこともありました。世の中には「整形でこんなにきれいになった！」という情報があふれているので、整形すれば簡単に変えられると思っている人が多いのかもしれません。

でも、整形はそんなに気軽にできることではありません。多額の費用もかかりますし、顔にメスを入れるのですから、痛みも伴います。手術を受けた後は、日常生活に戻るまでのダウンタイムという期間を耐えることも必要です。整形をした人は、そういうことを乗り越えるための努力をしているはずです。

シワを伸ばしたり、鼻をちょっと高くしたり、目をぱっちりさせたいなら美容整形でできるかもしれませんが、トリーチャー・コリンズ症候群は、整形手術では治せません。頬骨がなく、耳やあごの骨が未発達な私は、元々あるべきものがない状態を改善するため、整形とはまったく違う次元の形成外科手術を受けてきました。

食べ物が口から鼻に出ないよう、裂けた上あごを閉じる口蓋裂《こうがいれつ》の手術、頬骨の出っ張りを作るために頭蓋骨を移植し、さらに下まぶたを形成してまぶたを閉じやすくする手術、まばたきができるように頭蓋骨の一部を移植して頬骨を作る手術、前にも書いた両耳を作る手術、嚙《か》み合わせや気道の狭さを改善し、呼吸しやすくするための手術……中には十二時間もかかった大きな手術もあれば、最後の手術では痰《たん》がつまって、もう少しで窒息死するという恐怖も経験しました。

何度受けても、手術はやっぱりとても怖いものです。

全身麻酔をするので、手術の間は眠っているだけということは頭ではわかっています。でも、まだ意識があるうちに、殺風景な手術室の空間に目だけがのぞいている全身緑色の手術着を着たお医者さんたちがたくさんいる光景に、なんとも言えない不安を感じ、最近まで、手術着の色（青や緑）が苦手な感覚がずっと残っていたほどです。

手術前日の夜にはいつも、病院のベッドでずっと泣いていました。朝になり、手術室の前で付き添ってくれていた両親と別れるときには「このまま逃げ出したい！」と、胸が張り裂けそうでした。それでも、ただただ「良くなりたい！」という一心で手術室に向かったのです。

病院に行くこと自体は、私にとって楽しい「お出かけ」で、診察を受けるときはいくつもの科を受診するため一日がかりになるので、「学校を休める！」という特別感や、その日は両親をひとり占めできるといううれしさもありました。お昼を外で食べたり、帰りに寄り道したりするのも、密《ひそ》かな楽しみだったのです。

治療という点では、現時点でこれ以上できる手術はないと、主治医から言われています。人生のほとんどの場面でお世話になってきた病院の先生方や看護師さんたちには、本当に感謝の気持ちしかありません。

とはいえ、手術ですべての問題を解決できたわけではないのも事実で、見た目もそのひとつです。

今はもう割り切っていますが、手術を受ける前は「どんなふうになるんかな」と「理想の顔」を思い描いては、終わってから「期待してたんと違う」と、心の中でガッカリすることの繰り返しでした。私にとっての「理想の顔」は、人から白い目で見られない顔。でも、私の見た目がそういう「理想の顔」になるのは難しいということも次第にわかり始め、思春期の頃の私はいろいろ考えすぎて、自分で自分を苦しめていたのです。

メイクに挑戦

五歳下の妹が年頃になって、どんどん大人っぽくなっていったときも、すごく複雑な気持ちでした。

子どもの頃は、どこへ行くにもいつも妹と一緒。仲良く遊んでいたのに、だんだん、それだけではすまなくなっていきました。妹といると、知らない人からは妹の方が「お姉さん」と思われることも増え、「あんなにちっちゃかったのに」「本当なら、自分がメイクを教えたる立場やのにな」と、さびしくなったり……。

メイクやおしゃれできれいになっていく妹は、自分ができないことを簡単にできる。「ずるいな」と思ったことすらありました。

私も変わりたい。かわいくなりたい。

姉やのに姉らしいこともできず、どんどん妹に抜かされとるみたい……。

今にして思えば、妹も陰ではトリーチャー・コリンズ症候群の姉を持つことによる悩みや葛藤《かっとう》を抱えていたと思いますが、その頃の私には自分のことしか見えていませんでした。

ある日、そんな自分の想いを母にぼそっとつぶやきました。見た目の悩みについて母に話したのは、そのときが初めてでした。

暗い顔をしている私に、母はとまどうことなく言いました。

「なら、化粧してみたらええやん？」

私はずっと、その言葉が欲しかったのだと思います。母のおかげで、ようやく私はメイクに一歩を踏み出すことができました。

はじめは母や妹のメイク道具を借りて、メイクしてもらったり、自分でしてみたり。私は両目の大きさが違うので、アイシャドウをしてもなんだか変なバランスになってしまうと思い、まず眉メイクを頑張ることにしました。母方の祖母に眉毛を整えてもらうと、それだけでものすごく雰囲気が変わりました。何より、「あきらめとったけど、メイクでできることもあるやん！」と気づけたことは、私にとって大きな意味があったのです。


大学ではメイクをしていない友だちが多かったので、私も眉メイクだけのほぼ素顔でしたが、社会人になってから、メイクの幅が広がりました。ずっと「変わりたい」「大人っぽくなりたい」という気持ちを持ち続けていましたし、また個人的には疑問に思いますが、「大人の女性はメイクをするもの」という風潮のようなものがあるように感じます。

アイメイクも練習して、今はアイライン以外、ひと通りできるようになりました。

動画などを参考に、プチプラのメイク道具で涙袋を作ってみたり、ホクロを描いてみたり……不器用なりに、少しずつ自分に合うメイクを楽しめるようになってきました。メイクをし始めた頃、似合わないときは「変やで！」とはっきり言ってくれた家族も最近は、「かわいくなったやん」とほめてくれるようになり、「前よりは上達してきたかも？」と、自分の中でメイクへの制約が少しずつなくなってきた気もします。たとえば、ファンデーションで手術痕の色ムラ等をどこまでカバーすべきかなど、迷っているのが正直なところです。

メイクの他に、髪色を変えたり、ネイルをしたり、厚底シューズを履いて脚長効果を狙ったり……フルメイクができなくても、自分にできるおしゃれで、少しでも雰囲気を変えることを大切にしています。

目の前の壁を乗り越えるために

メイクに限らず、何かやる前にいつもあれこれネガティブに考えすぎてしまう私でしたが、「やる前から恐れとったんじゃ何も始まらんのやな」「日々、挑戦することで、できる／できやんがようやく見えてくるんよな」と、思えることが増えてきました。

ほめられれば自信につながるし、「次はこんなことをしてみたいな」と、どんどん視野が広がっていきます。ネガティブなスタートでもポジティブな結果になった部分だけしか知らない人からすれば、私は「強い」と見えるのかもしれません。

どんな人でも、今いる環境が恵まれていないと感じるなら、やりたいことに思い切って飛び込んでみることで出会える新しい自分がいるんじゃないかと思います。過去の自分は、きっと変えていけるはずです。

時々、ネットでつながった人から「生きるのがしんどい」という相談をいただくことがあります。「記代香さんは、どうやって乗り越えてきたのですか？」と聞かれたりします。私はそのたびに複雑な気持ちになります。「乗り越えたのか」と問いかけられて、「はい」と言い切れない自分がいるからです。

もちろん、見た目を変えて自分に自信がつくということはあるけれど、大人になっていろいろな壁にぶつかるたび、いくらおしゃれを頑張っても、見た目ばかりで中身が成長していかなければどんなことに対しても乗り越えられないな……と、思い知らされるのが現実です。

残念ながら、私は生まれ持った自分の見た目を変えることはできません。世の中にはいろいろな人がいて、中には悪意を持って接してくる人もいます。私が生きている限り嫌なことは続くだろうし、難聴や気道の狭さからくる呼吸の問題など、トリーチャー・コリンズ症候群によってもたらされる様々な困難もゼロにはならないでしょう。

考え出すと、頭の中がマイナス思考でいっぱいになって、つい他人と自分を比べ、落ち込んでしまいます。そういうときは、視野が狭くなって、自分にないものばかりが目についてしまうものですが、私はそういう負のループに落ちがちなのです。「なんとかせな！」と行動を起こそうとしてもうまくいかない、行動を起こせないことで自己嫌悪に陥り、ますますネガティブになっていく……悪循環です。

焦っているとき、自分の心に余裕がないときは、前には進めません。動きたくてもどうしても動けないのだとしたら、まずはその焦りを取り除くことが必要なのだと思います。なぜ自分は生きるのがしんどいと思うのか、どうして焦っているのか、良いところも悪いところもありのままの自分を受け入れて、見つめ直す時間を作ってみる。

自分の弱いところや欠点を見たくはないし、実際にそれを受け入れるのは大変です。でも、壁にぶつかるたびに自分の様々な感情と向き合い続けてきたことで、「乗り越えた」とは言い切れないけれど、少しずつ、乗り越える力はついてきているのかなと感じています。

ただの自己満足かもしれないけれど、これが私にとっての「自分磨き」です。

目の前にある壁に立ち向かうのは、とても怖いです。

「自分には無理」と逃げていたら、「私は大丈夫！」と思えるようにはなれないし、壁を乗り越えられない自分にいつまでも悩むしかない。

そう思って勇気を出して挑戦しても、それで成功することばかりではありません。でも、失敗から学べることもたくさんあります。私自身、何度も失敗をしてきました。

もし、私が「乗り越えた」ように見えるのだとしたら、行動して失敗し、もう立ち上がれないと落ち込んでいるとき、手を差し伸べてくれた人たちがいたからです。

次の章では、そうやって私に力を与えてくれた人たちのことをお話ししたいと思います。

第二章

誰かがいるから
頑張れる

感動した映画

二〇一八年六月に日本で公開された映画『ワンダー 君は太陽』を知っていますか。

原作は世界で八〇〇万部以上の大ヒットとなった小説で、トリーチャー・コリンズ症候群の少年オギーが主人公の物語です。

この映画の話を初めて聞いたとき、「まさかトリーチャー・コリンズ症候群の映画ができるなんて……！」と、驚きました。というのも、見た目の障害を持つ人がメディアで表に出ることはとても少ないからです。だから、トリーチャー・コリンズ症候群の子を主人公にした映画が作られ、それが世界中で公開されるということは、私にとっては意外であるとともにうれしい驚きでもありました。


はじめにこの映画の予告を見たとき、観《み》に行くかどうか、正直迷いました。

ひとつには、自分と似た顔がスクリーンに映し出されることに、複雑な気持ちがあったからです。私自身もトリーチャー・コリンズ症候群の当事者なのに、特に子どもの頃は、自分とそっくりな顔立ちの人がおるなんて……と思うと、とても嫌で、他の当事者の方に会う勇気を持てませんでした。今はそこまでの抵抗感はなくなり、最近、トリーチャー・コリンズ症候群を持つ一歳のお子さんとそのご両親にお会いしたときも、「もっと、頑張らんと！」と、自然と背中を押されるような気持ちになりました。

『ワンダー』の監督や脚本家、主人公を演じる俳優は、実際にはトリーチャー・コリンズ症候群の当事者ではありません。この病気を体験していない人たちが作った映画が、トリーチャー・コリンズ症候群のことをどう伝えているのか……という不安も感じました。自分の経験から、障害について知ってもらおうと思っても人の心を動かす伝え方をするのはものすごく難しいと実感していたので、その点も心配でした。

自分だけだったら、わざわざ映画館に足を運ぶことはなかったかもしれません。迷いを振り払えたのは、母からの「記代香、絶対観に行くで！」というひと言の誘いのおかげでした。


映画館で私は、「トリーチャー・コリンズ症候群の映画を親子で観る日が来るなんて、想像すらしてへんかったな」と思いながら、両親の間に座っていました。やがて映画の上映が始まると、どのシーンも「そうそう」と共感することばかりで、慣れない字幕もまったく気にならないくらい、すぐに物語の中に引き込まれていきました。

自分が体験した悲しかったこと、つらかったことだけでなく、うれしかったこと、ありがたかったこと……スクリーンに映し出されるオギーたちの物語に、「ああ、自分たちもそうやったなあ」と、様々な感情が胸にこみあげてきました。涙をこらえることができず、気がつけば、隣にいる母も泣いていて、いつもなら映画館ですぐ寝てしまう父の目にも涙があふれていました。

映画が終わるまで、私たち親子はずっと涙が止まりませんでした。それは、いろいろな想いがこもった、とても良い涙だったと思います。

『ワンダー』は原作の小説だけでなく、映画も大ヒットしました。多くの人に支持されたのは、障害のあるなしにかかわらず、人間関係においていろいろな部分で共感できるストーリーだったからでしょう。

映画では、主人公のオギーだけでなく、彼を取り巻く様々な人の視点から見た物語も描かれていました。オギーを中心に回っている家庭の中でさびしさを感じている姉のヴィア、オギーの親友なのに心にもない言葉を言ってしまい悩むクラスメイト、オギーを見守る頼もしい校長先生、そして悩みを抱えながらも、我が子をいつもポジティブに励ますオギーの両親……いろいろな人の立場からトリーチャー・コリンズ症候群のことを考えられるからこそ、障害を持つ当事者以外の人の心にもこの映画は響いたのではないでしょうか。機会があれば、DVD（吹替版もあります）などでみなさんにもぜひ観ていただければと思います。

映画『ワンダー』では、オギーがその持ち前の明るさやおもしろさで、最初は彼の見た目を気にしていたクラスメイトたちの心をとらえていく様子が描かれています。オギーは基本的にいつも前向きな男の子で、いじめっ子からひどいことをされても、くじけません。そんなオギーでも、学校に行く勇気を持てないときもあり、その気持ちをどう乗り越えていくかは、映画の見どころのひとつです。『ワンダー』は感動的なハッピーエンドで終わりますが、たくさんの人たちが彼を支えているから、オギーは困難にぶつかっても一歩を踏み出すことができるのです。

この映画を観て、どんなにつらいことがあっても、自分に力を与えてくれる誰かがいるから頑張れるんだと、改めて思いました。

私が生まれたときのこと

私にとって、一番身近な「誰か」は、やっぱり両親です。

父は仕事で一緒にいられる時間が少なかったので、普段はどうしても母子の二人三脚が中心ですが、母が私にいつもパワーを与えてくれる太陽のような存在だとすると、父は優しく見守る月の役割。厳しい言葉で私に課題を与えてくる母の「太陽」の光が強すぎる！

と感じるとき、月のような父の穏やかさと優しさは私たち母子をつなげる命綱になってくれています。

私が生まれてしばらく経った頃、両親は「こういう子は長くは生きられませんよ」と、あるお医者さんに言われたそうです。

赤ちゃんの頃の私はトリーチャー・コリンズ症候群の症状のひとつである口蓋裂《こうがいれつ》のせいでミルクがちゃんと飲めなかったため発育が悪く、呼吸もいつ止まるかわからない状態でした。呼吸確保がうまくできず、トリーチャー・コリンズ症候群の赤ちゃんが早く亡くなってしまう症例もあったので、そのお医者さんは厳しいことを言ったのかもしれません。

大切な我が子が「長くは生きられない」と言われた両親は、大きなショックを受けました。それでもふたりはけっしてあきらめませんでした。

「本当に死なせたらどうするん！」「落ち込む暇があるならその分頑張って、この子を大きくせな！」と何時間もかけて私にミルクを飲ませ、毎日私の呼吸が止まっていないか、こまめに確かめては「ああ、生きとる、良かった！」と安心する、そんな綱渡りの日々を懸命に過ごしました。

あるとき、私の命をつなぎ止めていた、鼻から胃に栄養を送るカテーテル（管）のチューブがはずれてしまったことがありました。カテーテルの挿入は本来医療行為で医師しかできないのですが、「病院に連れて行く前にこの子が死んでしまったらどうしよう」と思った父は、震える手でチューブを入れ直したそうです。手先が器用な父だからできたことですが、それぐらい両親は必死でした。

ついには、「長くは生きらない」と言ったお医者さんも「僕が間違っていました」と頭を下げたそうです。

「あのときは、内心、『どうや！』と思ったけど、今思えば、あの先生の言葉があったから、あれだけ頑張れたんかもしれん」と、両親は振り返ります。

ふたりとも、最初から「絶対にこの子を生かしたる！」という強い気持ちを持っていたわけではありません。特に、母は私の障害を受け入れるまでに時間がかかりました。全力で私を守ろうとする今の母しか知らない人には想像できないかもしれませんが、私が生まれて障害があるとわかったとき、母はショックで現実に向き合うことができなかったと言います。

よく「妊娠中に調べられなかったのか」と聞かれるけど、当時の産婦人科の技術では、記代香に障害があることは、生まれてくるまでまったくわからへんかった。健診でも「母子共に健康」と太鼓判をもらっとったし、なんの心配もしてへんかった。

お産そのものは予定通りで、陣痛が始まってからたった一時間五十分、三〇五〇グラムの赤ちゃんが生まれて、超安産やった。それやのに、一人目のときと様子が違う。記念のポラロイド写真（今で言うチェキのようなインスタント写真）を一枚撮ったら、生まれた我が子の顔を見る間もなく、赤ちゃんはどこかへ連れ去られてしまった。立ち会っていたお父さんも医師の説明を聞くために出ていったきり戻ってこん。私は、がらんとした産室に取り残された。

しばらくしてから、医師に「赤ちゃんにへその緒が巻き付いていたので、大学病院に搬送する」と聞かされたんやけど、何かおかしい。でも、怖くて、それ以上のことを聞けやんかった。赤ちゃんにいったい何があったんか、不安で不安でたまらん。あのときどう過ごしとったんか、ほとんど思い出せやん……。（母・晶子）

私が障害を持って生まれてくるなんて思ってもみなかったのは、父も同じでした。大学病院に搬送される前、父は生まれてすぐの私の顔を一瞬だけ見ています。

「あれ、随分あごがちっちゃいな。おさるさんみたいやな」

医師の雰囲気から、何かただごとではないことが起こっていると感じながらも、父は「でもまあ、生まれたばかりの赤ん坊はシワシワでおさるさんみたいやしな……」と、自分を納得させようとしました。

ところが、産院の医師に「お子さんはミルクが飲めないし、耳も少し聞こえが悪いと思うので、大学病院に搬送して、そちらで診《み》てもらいます」と告げられ、目の前が真っ暗になった父は、その場に立ち尽くしました。

てっきり救急車で搬送されるかと思ったら、産院の医師の車で病院に連れて行くということで、その後を必死でついていった。一時間ぐらいかけて、なんとか搬送先の病院にたどりついた。ひとりではすごく心細くて、不安な気持ちを抑えながら、兄に連絡して来てくれるように頼み、ふたりでＮＩＣＵ（新生児集中治療室）の前で診察結果を待っとった。かなりの時間が過ぎて、ようやく若い医師が現れた。このとき初めて「トリーチャー・コリンズ症候群」という言葉を知った。

「口蓋裂で上あごが裂けているのでミルクを飲めない」「小耳症《しょうじしょう》（耳たぶから上がない状態）、外耳道閉鎖《がいじどうへいさ》（耳の穴がふさがっている状態）で耳が聞こえない」「頬骨欠《きょうこつけっ》損《そん》がある」……

そんなふうに「ここが悪い」「あそこが悪い」と聞かされて、二個目か三個目で「もうないやろ」と思っとったら、まだある、まだある、まだあるって、結局五つか六つ、障害があるって言われて……もう頭がパニックになって、気が遠くなり、全身の力が抜け、倒れそうになった。（父・浩二）

混乱状態のまま、父はＮＩＣＵの窓越しに保育器に入った私と対面しました。産院ではあっという間に引き離されてしまったので、父はこのとき初めて私の顔をちゃんと見たのです。

口蓋裂があるため口からミルクを飲めなかった私は、カテーテルを鼻に通されていました。

――生まれたばかりの小さな赤ん坊やのに保育器の中で点滴やカテーテルにつながれと

る……もう痛々しくてな。それでも、産院で見たときと全然違う。顔もあごも随分小さいけど、目がくりっとしとって、「お人形みたいで、すごくかわいいやん！」と、少し気を取り直せた。

それでも、「重い障害を持って生まれてきた我が子を、これから先、どう育てていけばええんやろう……」と不安でたまらんかった。病院からの帰り道、高速道路を走りながら、「これから先のことを思うと、このままドッカーンと突っ込んで死んだら楽やろうな」という考えが脳裏によぎったのを覚えとる。

ありがたかったのは、付き添ってくれた兄が「必要なら、うちの家も田畑も全部売ってでも助けたるからな」と、励ましてくれたこと。義父母も「最善を尽くせるようどんなことでも協力するから頑張ろう」と言ってくれて、不安でいっぱいだった気持ちがぐっと楽になった。（父・浩二）

父も母も、家族や親戚に障害がある人はいません。それでも、ふたりの家族は私が重い障害を持って生まれたことを知った直後から事実を受け入れ、どうすれば私を育てられるか、真剣に考えてくれました。このことが、どれだけ両親の助けになったかわかりません。

赤ちゃんのときの私。通院などで外出するとき、両親は私を人目にさらさないよう、とにかく必死でした。

お食い初めのときの写真。母は、口からミルクを飲めなかった私に、なんとか栄養を摂らせようと懸命でした。11か月になって、やっと離乳食を食べられるように。

私が生まれたとき、誰よりも最初に受け止めてくれた父。普段は仕事で忙しくても、私が通院する日は必ず休みをとって、つきそってくれました。

「あけぼの学園」に通っていた頃。私のことが心配で泣いてばかりいた母も、「あけぼの学園」の先生たちに鍛えられ、強くなっていきました。

母子の命をつないだ父

医師から「できれば、母乳を届けてほしい」と言われた父は、毎日仕事帰りに母から母乳を受け取り、数十キロ離れた大学病院に通いました。相変わらず保育器に入ったままでも、父が運んでくれる母乳のおかげで、私は日に日に成長していきました。

もちろん、私は当時のことを何も覚えていません。でも、母が「私とよりお父さんとの間の絆《きずな》の方が強いみたい」と言うくらい父と私がとても仲良しなのは、ふたりの性格が似ているだけではなく、このときに父との親子の絆が固く結ばれたからだと感じています。

一方、母が私と対面できたのは、出産からほぼ一か月が経ち、私の退院の日が近づいてきた頃でした。「しばらく赤ちゃんに会わん方がええ」と母方の祖母に止められるぐらい、産後の母は精神的に不安定になっていたのです。

産院から退院する少し前、生まれた子に障害があるとお医者さんから説明されて、もう何がなんだかわからんくなってしまった。

「口蓋裂があります（それ、どういうこと？）」

「口からミルクを飲めません（飲めんかったら、死んでしまうやないの！）」
「耳がありません（耳がなかったら聞こえへん！　聞こえんかったらしゃべれへん！）」
「頬骨がありません（そんで、どうなってしまうん？）」

そばにいた助産師さんに「悲しかったら泣けばいい」と言われても、悲しすぎて涙も出んかった。何も想像できんし、したくない。本当なら出産祝いに親戚や近所の人がたくさん来てくれるんやけど、誰にも会いたくなくて、ずっとひとりでおった。上の子を産んだときは、ベビードレスを着せた赤ちゃんと産院の前で記念写真を撮って、「おめでとうございます」と見送られたのに、今度は肝心の赤ちゃんがおらん。人目を避けるように、実家に帰った。

それからもずっと現実と向き合えやんくて、赤ちゃんに会うことができんまま、記代香と名付けた。「あなたのうちに、なんで障害のある子が生まれたの？　妊娠中に薬を飲んだり、転んだりした？」と言ってきた人もおったけど、そんな覚えは何もないし、こっちの方が「なんで」と聞きたいくらいやった。

本当はすぐにでも赤ちゃんに会いに行きたいのに、重い障害を持って生まれてすぐ死んでしまうんでは……と怖くて怖くて、どうしても体が動かんかった。一歳半になる上の子の世話をしとるときだけは少し気が紛れとったけど、そうやって現実から逃げとるということは自分でもよくわかっとった。「夫はこんなに強い愛情で娘のところに通っとるのに、自分はただ産んだだけ。母親やのに、いったい何やっとるんやろう」と、自分の弱さをずっと責め続けとった。

でも一か月経った頃、今日まで記代香が生きられたということは、きっとこれからも生きていけるということ。そう思って、やっと病院に行くことができた。

「こっちやぞ」と先に立って歩いていく夫の後について、恐る恐るＮＩＣＵの中に入ると、保育器がずらりと並んどった。その中にいた記代香をひと目見たとき、「かわいい！」「こんなにかわいい子に会う勇気がなかったなんて、自分は今まで何をやっとったんやろう」「長いこと、来られんくてごめんなさい」と涙が止まらんかった。

「十か月お腹《なか》の中にいて生まれたということは、この子はやっぱり意味のある子なんや。絶対育てる！　なんとしてでも!!」

もうなんの迷いもなかったよ。（母・晶子）

ミルクが飲めない

退院した私の母子手帳には「顔面奇形」と記入され、今後の治療は口唇口蓋裂《こうしん》治療の専門チームを持つ藤田保健衛生大学病院（現・藤田医科大学病院）で受けることになりました。

「生まれてすぐうちに来ていれば、早く口からミルクが飲めたのに」と言われたけど、そんなこと素人にはわからんしな。

でも、ある女医さんが「この子が障害を持って生まれてきたのは、お父さん、お母さんのせいではありません。それはたまたまのことで、隣の家でも向かいの家でもありえたことなんです。でも、これからどうやって育てるかは、ご両親の責任です」と言ってくれて、苦しい気持ちにぱっと光が射《さ》したように思った。

それまでは「なんで、自分たちの子どもが障害を持って生まれてきたんか」と思い悩んできたけど、その言葉で「この子が生まれたんは、他でもない、自分たちやから授かった子なんや！」と思えるようになった。

これからたくさん手術を受けなければあかんこともわかった。でも、それは「手術すれば、少しでもこの子は良くなる！」という希望にも思えたな。（父・浩二）

両親は、最優先で行なうのは、上あごの裂けたところから食べ物や飲み物が出てしまわないよう、「口蓋裂で開いている上あごを閉じる手術」だと説明されました。しかし、その手術には全身麻酔が必要なため、それに耐えられるだけ、体重を増やさなければなりません。

体重を増やすにはカテーテルによる経管栄養では限界があり、ミルクを口から飲ませる必要がありました。でも、生まれてから一か月の間、カテーテルを通してミルクを摂取していた私は、哺乳瓶《ほにゅうびん》からミルクをうまく飲むことができなかったのです。

病院で、噛まないとミルクが口に入らない哺乳瓶がいいと教えられて使ってみたんやけど、どうしても上あごの裂けているところにミルクが流れていって、鼻から出てきてしまう。三十分、一時間かけても哺乳瓶の中のミルクが全然減らん……。

赤ちゃんが口からミルクを飲むのはあたりまえのことやのに、そのあたりまえのことができやん。頭ではわかっとっても、「飲めやな大きくなれへんのに、なんで飲めやんの！」と思ってしまったり……。

お兄ちゃんのときは授乳で苦労することはなかったし、それまでの育児経験なんてほとんど役に立たん。毎日「これでええのか……」と、手探りするしかなかった。

（母・晶子）

母の奮闘も虚《むな》しく、私がカテーテルを完全にはずすには、離乳食を食べられるようになった生後十一か月まで待たなければなりませんでした。

補聴器を使い始める

両親の心配は、私が栄養をうまく摂《と》れないことだけではありませんでした。

耳がちゃんと形成されていない状態で生まれてきた私は耳の穴がふさがっており、聴力検査で「音は聞こえているが返事ができない」と診断され、言葉の遅れも心配されました。

私が二歳のとき「まったく聞こえていない可能性もあるから、詳しい検査を受けた方がいい」と言われ、内耳から脳までの聴神経の伝達経路のどこに異常があるかを調べるABR（聴性脳幹反応）という検査を受けました。結果は、「外耳道閉鎖のための伝音性難聴」。聞こえてはいるけれど、私の聴力レベルは両耳とも八〇デシベル未満しかありませんでした。イメージとして耳の穴をふさいだ状態での聞こえ方なので、普通に話しかけるだけでは、ほとんど聞こえません。そこで両親は、私に声をかけるときには、大きな声で私の目を見ながら話すことを続けました。

聴力があるとわかってからしばらく経った頃やったかな。毎月の受診で病院に行ったとき、診察室を出て廊下を歩いとったら、耳鼻科の先生が「お伝えすることがあります」と急いで追いかけてきて、「補聴器をつけると言葉が出るのが早くなるから、早くつけた方がいい」と教えてくれた。それでさっそく、記代香を補聴器のお店に連れて行った。そのとき、補聴器の費用に補助がおりると聞いて、聴覚障害と記載された診断書を持って地元の自治体に申請に行き、記代香の身体障害者手帳を交付してもらった。

それまでも、あやされれば記代香は声を出して笑《わろ》とったし、大きな声で話しかければ反応もあったけど、補聴器を使い始めてから、声をかけたときの反応がぐっと早くなった。前は「あー」とか「うー」といったクーイング（生後一～三か月頃から始まる発声）しかなかった記代香に少しずつ言葉が出始めたのも、補聴器のおかげやと思う。あのとき、あの耳鼻科の先生が追いかけてきてくれなんだら、記代香に補聴器をつけさせるのはもっと遅れとっていたやろうね。本当にあの先生には感謝しかない。

（父・浩二）

そのときからずっと、私は補聴器を使っています。私のように内耳には問題がなく、耳の穴がふさがっている状態でも使える骨伝導補聴器というもので、小さい頃は、耳の脇にあたる位置に合わせてカチューシャに骨端子という機械をつけ、外部の音を拾うタイプのものを使っていました。そこから伝わった振動が骨端子を経由して頭蓋骨の聴覚神経に響き、それが音として内耳に伝わるという仕組みです。

補聴器があれば、ほぼ問題なく日常生活を過ごせますが、補聴器をはずすと、何を言っているかはほとんどわかりません。電池切れの心配や、カチューシャのしめつけなど不便なこともありますが、補聴器は、私にとってはなくてはならない大切な「耳」なのです。

この子をさらし者にしたくない

なんとか私を無事に育てようと必死の両親でしたが、その苦労に加え、私に向けられる無遠慮な視線やヒソヒソ話にも神経をすり減らし続けました。

初めて行く場所や知らない人ばかりに囲まれるところに私を連れて行くとき、両親は私に帽子をかぶらせ、クーハン（生後三か月ぐらいまでの赤ちゃんに使え、持ち運びができる簡易ベッド）の幌《ほろ》もめいっぱいおろして、さらに自分たちの体を寄せ、人の目から私を守りました。

「この子をさらし者にしたくない」

それが両親の切実な想いでした。

――初めての場所や知らん人が大勢おるところに記代香を連れて行くときは、大げさでなく恐怖を感じとった。それは障害がある人が珍しくない大きな病院でも同じ。

――月一回の診察で病院に行くと、小児科、形成外科、耳鼻咽喉《いんこう》科、口腔《こうくう》外科、眼科と、いくつもの科を受診せんとあかんかった。病院の中を記代香を連れて移動するたび、行き交う人や待合室で一緒になった人がこっちをジロジロ見たり、ヒソヒソ話をしたりしてくる。でも、そういう人たちにいちいち「トリーチャー・コリンズ症候群という病気なんです」と説明するわけにもいかへんしな。記代香の顔を見たとたん、看護師さんの対応がぎこちなくなることもあったし、お医者さんの中には「こりゃあ、ひどいわ」と言った先生もおった。カーテンの向こうにおるのにこっちには聞こえやんと思ったのかもしれんけど、あのときは怒りで震えたな。

あるとき、病院のエレベーターに乗っとったら、途中の階で年配のご夫婦が乗ってきたんや。「しもた！　この子を人目にさらしてしまう」と身構えとったら、「お利口さんだねえ」「かわいいいね」とニコニコして話しかけてくれた。一瞬「え？」と、とまどったけど、お世辞でも嘘《うそ》でもない。見ず知らずの人が記代香のことをほめてくれて、ほんとうれしかった。（父・浩二）

毎日、先が見えやん不安で目の前が真っ暗になりそうやった。私らがよほど暗い顔をしとったんやろうね。病院の待合室におったら、あるベテランの看護師さんが病院の喫茶店に誘ってくれて、コーヒーをご馳走《ちそう》してくれた。いつもは厳しくて怖い感じやったその看護師さんのさりげない優しさにどれだけ気持ちが慰められたことか……。その看護師さんがくれた励ましの手紙は、今も引き出しに大事にしまってある。（母・晶子）

まだデジタルカメラが普及していなかった当時、フィルムを現像に出すと私の顔を見られてしまうと思った父はポラロイドカメラを買い、赤ちゃんのときの私の写真をたくさん撮ってくれました。

でも、一緒に写っている母は険しい目をしていて、ほとんど笑顔がありません。

あの頃は心から笑うことができやんかったから……。

引け目というわけでもないんやけど、テレビに幸せそうな親子の姿が映ると素直に観れんかった。近所には記代香と同じ年頃の赤ちゃんも何人かおって、頭では「誰が悪いわけでもない」ということはわかっとっても、健康に生まれてきた子が正直、うらやましくて……。（母・晶子）

ありのままでいられる場所

そんな両親にとって、家の近所は私を人目から隠さずに出歩ける唯一の場所でした。私たち家族が住んでいるのは田畑が広がるいわゆる「田舎」で、この地域に父の親族も代々住んでいます。家のすぐ隣には「母屋《おもや》」と呼んでいる父の実家があり、同じ「山川」の名字があちこちの家の表札にかかっていて、この地域に住む二十数軒は、みなお互いのことをよく知っている、まるで大きなひとつの家族のような関係です。少し前までは近所にちょっと出かけるときに鍵をかけていくこともなかったぐらい、人と人との距離感がとても近いので、外出中に雨が降り出したときには隣近所の人が洗濯物を取り込んでおいてくれたこともありました。

そんなアットホームな関係であっても、近所の人たちは私を連れて帰った両親の心に土足で踏み込むようなことはしませんでした。

出産後、ようやく記代香を連れて家に帰ってきたとき、近所の人たちがお祝いに来てくれた。お父さんの実家からだいたいの事情を聞いとったんやと思うけど、誰も「どうしてこんなことになったん」と根掘り葉掘り聞いたり、記代香の顔を見てびっくりせんかったのは、ありがたかった。

そんなふうに自然に接してくれたから、記代香と外出するときには必ずかぶせとった帽子も、近所では必要なかった。ここなら人目を気にしやんでよかったし、外に出るのも怖くなかった。（母・晶子）

もしかしたら近所の人たちも、最初は私の見た目に内心驚いていたのかもしれません。でも、親しいつきあいを日々重ねていく中で、だんだん私を見る目が変わっていったり、私の顔に慣れていったというところもあったのではないかと思います。近所の人たちはみんな、私を「障害のある子」ではなく「記代香ちゃん」「きいちゃん」として、他の子と同じように地域ぐるみでかわいがってくれました。自分の子ではなくても、遊びに行けばあたりまえのように面倒を見てくれましたし、どこかに出かけるときには声をかけて、一緒に連れて行ってくれることもしょっちゅうでした。家族以外の「他人」だからできることもあるのだと思います。近所の人がそうやって私を外に連れ出してくれたことは、両親にとって救いになりました。

近所の河原でのバーベキュー、梨狩り、クリスマス会にお誕生日会……家族ぐるみのイベントもたくさんありました。当時の写真には、ピースサインをしている笑顔の私がたくさん写っています。

大人になった今でも、しょっちゅう地元に帰りますが、ここでは普段外出するときに欠かせないマスクも必要ありません。「記代香ちゃん」「きいちゃん」と呼ばれる場所で、自然と素直になっている自分に気づきます。

子どもより親を育てる

そろそろ記代香も幼稚園に通う年齢になる頃やった。私も記代香を連れて堂々と行ける場所が欲しかったし、障害があっても上の子と同じようにしてやりたいと思っとったから、最初はお兄ちゃんが通っている私立の園に記代香も行けばええと考えとった。近所の子たちも、ほとんどそこに行っとったしね。

ところがある日、記代香を連れてお兄ちゃんを通園バスの乗り場に送っていったら、バスに乗っていた園児たちが記代香の方を見て、笑ったり、ひどい言葉を浴びせかけたりしてきた。それやのに、その場にいた幼稚園の先生はその子らに注意もせん。ショックやった。

あのときの私はまだ弱くて、悔しさと怒りでただ真っ青になることしかできやんかった。家に帰って、「やっぱり、あれはひどい」「妹を笑われるお兄ちゃんもかわいそうや」と思って、「今朝のようなことが二度とないように指導してほしい」と園長先生に抗議した。でも、「まだ小さいのだから（ああいうことをするのもしかたがない）」と、まったく取り合ってもらえんかった。これが現実かと思い知らされた。

集団生活を始める年齢になっとるのに、記代香がこのまま家におってええとは思えんかった。いったい記代香が行ける園があるのかどうか……。そんな私の悩みを知った地域の保健師さんが「四日市《よっかいち》市立児童発達支援センター　あけぼの学園」というところがあると教えてくれて、見に行くことにした。（母・晶子）

「あけぼの学園」は言葉や体などの発達の遅れが心配な子どもたちの早期支援や保育を目的とした四日市市の施設で、我が家から車で四十分ほどの距離にあります。広々とした芝生の園庭、バリアフリーの園舎には、重い身体障害を持つ子どもたちや自閉スペクトラム症（ASD）などさまざまな発達障害をかかえた子たちもいました。

いろいろな障害の子がおったけど、お母さんたちは元気で明るく、どの子にも偏見を持たずに接しとった。「ここなら私たちも安心して過ごせる」と思って、入園のための面接を受けた。そうしたら、「お子さんよりお母さんの支援が必要です」ということになって、記代香が二歳の春から親子で通うことになった。

記代香は「あけぼの学園」の広い園庭や園舎を走り回って、とても楽しそうやったし、私も初めて「自分はひとりじゃない」と思えた。持っている障害は違っても、障害がある子をどう育てていけばいいのか悩んだり、子連れで行ける場所が病院以外にないと困ったりしていたのは、他のお母さんもまったく同じで、「あけぼの学園」のお母さんたちは、私にとって初めて子育ての悩みを分かち合えるママ友やった。

記代香より重い障害を持つお子さんもおったけど、一生懸命頑張っているお母さんたちの姿を見て、「なんで自分だけこんなにつらい想いをせなあかんのやろう」という気持ちも、いつしか消えていった。今でもあのとき一緒だったお母さんたちに会うと、涙なしでは思い出話はできやん。必ず話題に上るのは「先生たち厳しかったな！」ということ。私もよく怒られた。あの頃の記代香はまだ言葉があまり出てきてへんかったから、私が先回りして面倒を見ると、「記代香ちゃんは自分でできるんだから、自分でやらせなさい」と言われたり……。

「障害がある記代香に、そこまでさせやんでも」「私がどんなに大変か、先生たちに何がわかるん！」と内心反発したけど、先生たちは容赦ない。言い訳も許されやんくて、他のお母さんと一緒に泣いてばかりやったね。（母・晶子）

後で知ったことですが、「障害を持った子どもの心身の基礎的発達を促《うなが》し、自立を助ける」「子どもを育てるお母さんたちの精神的な成長を助け、家庭でのより適切な育て方や関わり方について共に考える」という指導方法は、「障害があっても（「あけぼの学園」の）卒園生はしっかりしている」と高く評価されていました。そんな「あけぼの学園」に通うことは幼児期の私の成長を助けてくれたはずですが、それ以上に母にとって大きな意味を持つこととなりました。もし「あけぼの学園」に通うことがなければ、私や両親の生き方はまったく違ったものになっていたでしょう。

最初、私の担任になったのは田中孝子《たかこ》先生でした。

あの頃、記代香ちゃんのお母さんは「この子はこの先ちゃんと生きていけるのか」という心配で、泣いてばかりいました。

でも、お母さんがそんな弱気でいたら、障害のある子を育てることはできません。面接でお母さんの顔を見てすぐに「きよちゃんより、お母ちゃんの方を育てていかなあかん！」と思いました。

障害があるからといって、親がずっと子どものそばにいて面倒を見てあげられるわけではないでしょう。いずれ学校に行き、仕事を持って働くようになったとき、子どもは必ず社会の厳しさにぶつかります。それでも負けずに生きていけるようになるためには、まず、子どもを育てるお母さんたちが強くなることが必要です。

だから、私たちは「嫌われてもいい」と覚悟の上で、「あけぼの学園」に来るお母さんたちを厳しく指導していました。（「あけぼの学園」田中孝子先生）

だんだんわかってきたのは、先生たちも心を鬼にしていたということ。「記代香はこの先、どうなってしまうんやろ」と弱気になりがちな私を「お母さんがしっかりしないと。あきらめたらあかん！」と、いつもいつも励ましてくれて、そのうち、あんなに怖かった先生たちを誰よりも信頼するようになっていった。三人目を授かって、「また障害のある子やったら……」と不安になっとったときも、「あけぼの学園」の先生が「大丈夫！」と力強く言ってくれたことをお守りにして、なんとか乗り越えることができた。

あの頃の私は、「障害のある子を育てとる私はこんなに大変なんやから」と、どこか甘えてしまうところがあったんやね。その甘えを叩《たた》き直してくれた「あけぼの学園」は、記代香というより私にとっての「学校」やったんやと思う。（母・晶子）

あえて人前に出ていく

「あけぼの学園」では散歩や遠足、泊りがけのキャンプ、社会見学などで、あえて子どもたちを外へ連れ出すようにしていました。それは「人目を避けたいと閉じこもってばかりいたら社会には出ていけない」という、一種の荒療治《あらりょうじ》だったのかもしれません。

まだ自分に向けられる視線に気づいていなかった幼い私は、そういうお出かけが大好きでした。内心では外に出る行事が苦痛だった母も、そんな私に引っ張られるようにして参加せざるを得ませんでした。

――卒園前の行事で週一回、他の保育園との交流会に行くのは嫌でたまらんかった。幼い子は相手の気持ちを考えやんと思ったことを口にするやろ。記代香の顔を見たらきっと何か嫌なことを言ってくる。傷つけられるのがわかっとるようなところへ、なぜわざわざ行かなあかんのか……。

かといって、先生たちには「ここを乗り越えないと!」と厳しく言われるし、「行かない」という選択肢はない。憂鬱《ゆううつ》になっとった私に、当時の担任の先生が「記代香は何でもできるんだから、歌に合わせて踊るお遊戯《ゆうぎ》をみんなの前で堂々とやってもらおう。そうしたら何か言う子も黙るはず」と背中を押してくれた。それでも、知らない子ばかりのところに記代香を連れて行くのは嫌で嫌で……お父さんに仕事を休んでもらって、記代香を連れて行ってもらったこともあった。

保育園では、やっぱりジロジロ見てくる子や「変な顔」「怖ーい」と言ってくる子もおった。でも先生が言った通り、記代香がみんなの前で他の子たちと一緒にお遊戯をしたら、園児たちの見る目がすっかり変わって、記代香と遊ぶ子も増えていった。特に仲良く遊んどったのは、記代香を見て「かわいい」と声をかけてくれた年長組の女の子で、記代香に嫌なことを言う子たちに「そんなこと言ったらあかん」と注意もしてくれた。もううれしくて、「ありがとう」という気持ちでいっぱいになった。今でも、「たかこちゃん」というその子の名前を覚えとる。

そのときからやね、記代香を守るために必要なのは、人目に触れさせないことやなくて、自分たちから知ってもらおうと働きかけて偏見をなくすことなんやと思えるようになったのは。（母・晶子）

今、私があたりまえのように自由に出かけられるのは、私が外に出ていける環境を、両親が作り続けてくれたからです。

トリーチャー・コリンズ症候群の子どもを育てている親御さんの中には、人目を恐れて、外へ出ていけない方も多いと聞きます。でも、ずっと閉じこもって生きていくことはできません。「あけぼの学園」の先生たちは、「どんなに嫌でも子どものためを思うなら外に出ていかなければいけない」と母を鍛えてくれました。そのおかげで、「不安で泣いてばかりいるお母さん」から今の強くてポジティブな母へと変わることができたのだと思います。

人はひとりでは生きていけない

四歳になって「あけぼの学園」を卒園した私は、地元の公立幼稚園に通うようになりました。少人数で大人の目が届きやすいということと、卒園生の多くは道路を挟んで隣り合う小学校、その後は小学校のすぐ裏にある中学校に通うので、中学まで一緒の友だちを大勢作ることができると、両親は考えたのです。

「あけぼの学園」で鍛えられた母は、最初が肝心と保護者たちに私の障害のことを説明して回り、子どもたちにも「あのおばちゃんの子か」と親しみを持ってもらえるよう、しばらく私と一緒に幼稚園に通いました。

私以外にも障害を持っている子がクラスに何人かいたため、担任の先生とは別にもう一人先生がつきました。幼稚園の二年間、そばで見守ってくれたのが髙島数代《たかしまかずよ》先生です。

数代先生は、他の園児が私の顔を見て「どうしてそんな顔なの？」「変な顔」と言ってきたりすると、その場で「記代香ちゃんはあなたにそんなことを言われて、とても悲しい気持ちになっているよ」とたしなめてくれました。また、幼い頃から何度も大きな手術を受けなければならなかった私が、「なんで記代香ばっかり」「記代香はなんもしてへんのに」と訴えたときには、私を抱きしめて「記代香ちゃんは世界一素敵な子だよ」と慰めてくれました。

――数代先生には本当にお世話になった。今でも覚えとるのは、入園してすぐ、隣の敷

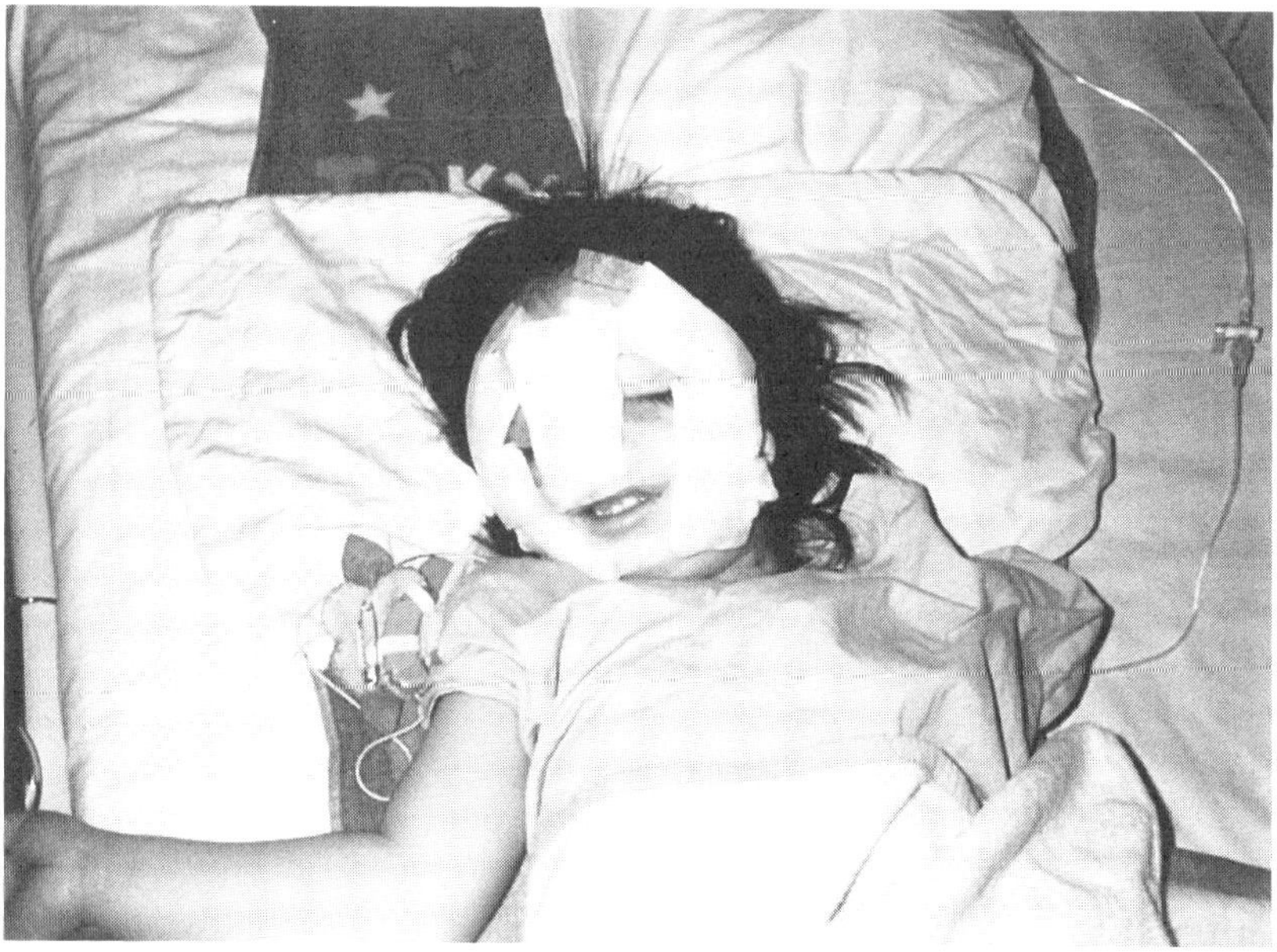

4歳のとき、目の下の骨を作るため、およそ12時間かけて自分の頭蓋骨の一部を移植する大手術を受けました。今も頭や顔にはそのときの傷跡がうっすらと残っています。

「あけぼの学園」を卒園し、地元の公立幼稚園に入園。私の他にも障害のある子が通っていて、先生たちは細やかに目配りしてくれました。そのおかげで安心して楽しい園生活を過ごすことができました。

地にある保育園の園児たちと一緒に近所のれんげ畑に散歩に出かけたときのこと。私も一緒について行ったんやけど、保育園の女の子数人が記代香の顔を見て指さしたり、笑ったり、ヒソヒソ話をしたりしてきた。

「他の園の子やし」という遠慮もあって、私は最初黙っとったけど、あんまりしつこいんで、堪忍袋《かんにんぶくろ》の緒が切れそうになった。そのとき数代先生が「大事な記代香ちゃんにそんなこと言わないで」と、その子たちを厳しく叱《しか》ってくれた。他の園の子だろうが「ダメなことはダメ」ときちんと叱る先生を見て、「こんなふうに守ってくれる人がおるんや」と、とても心強かった。

私らが住んでいる四日市市は人権教育が盛んなところで、幼稚園の先生たちが「差別や偏見はいけない」という意識を強く持っていてくれたことも大きかったと思う。数代先生と他の先生たちは、記代香がどんなふうに幼稚園で過ごしたか、自分たちの記代香へのサポートと友だちとの関わりはどうやったかを毎日記録して、反省点や今後の課題を園全体で考えてくれた。おかげで、最初は嫌なことを言ってくる子らもおったけど、だんだんそういうことも少なくなっていった。記代香が手術で長い間入院しないといけなかったときも、クラスの子全員が千羽鶴や手紙や絵を送ってくれて、

うれしかった。（母・晶子）

「人はひとりでは生きていけない」と母はよく話します。私を支えてくれる両親も、たくさんの「誰か」に力をもらってきました。今から思うと、私が生まれたその日から、そういう「誰か」が私たち親子を支えてくれていたのです。

人は私を強いと言うけど、それは違う。

本当の私は全然強い人間なんかやないし、ひとりでは外食もできやん、引っ込み思案な性格。今、誰に対してもはっきりものを言えるのは、子どものためと思うから。だから、行動できる。

そういうふうになれたのも、周りの人の支えやいろいろな人との出会いがあったおかげやね。（母・晶子）

初任給で伝えた感謝

　これまで私が受け取ってきた、たくさんの励ましや思いやりの気持ちに応えたい。だから、大人になって就職し、初めてお給料をもらったら、そのお金で自分を育ててくれた両親と周囲でずっと見守ってくれた祖父母や親戚にご馳走しよう、と決めていました。仕事を始めたばかりのお給料ではそんなに高価なものは頼めないかもしれないけれど、せめてこれまでの感謝の気持ちを伝えたかったのです。

　その計画を実現できたのは、社会人になって最初の五月の連休でした。職場の人たちと行ったお寿司《すし》屋さんがとてもおいしかったので、自分で個室を予約し、九人の「お客様」を招待しました。

　いつもそばで気にかけてくれる「母屋」の祖母、「家や土地を全部売ってでも助けるから」と父を励ましてくれた伯父《おじ》夫婦、私が生まれてすぐの大変な時期を共にしてくれ、その後も何かと支えてくれた母方の祖父母、お世話になった祖父の妹夫婦、そして、ちょっと照れくさそうな顔の両親が席につきました。

「親だけじゃなくて、ここにいるみんなに育ててもらったね」と母が言えば、「生まれたばかりの頃はこの先どうなるんやろうと思ったけど、今こうやって笑えるのは、記代香がそんだけ頑張ったんやな」と父がしみじみ口にします。私はお酌をして回り、「こんなに動く記代香はなかなかないで」と母に茶化されました。

みんなのお皿が空になった頃を見はからって、サプライズを披露しました。前の晩、徹夜でつくった映像です。私が赤ちゃんのときから大きくなるまでの写真と動画を映し、最後に高校生のときに少しだけ覚えた手話も交えて感謝のメッセージを伝えたのです。

「お父さん、私を一番に受け止めてくれてありがとう」
「お母さん、私を産んでくれてありがとう」
「私は今とても幸せです。感謝でいっぱいです」

母は私の大学の卒論に「我が子に『産んでくれてありがとう』と言ってもらえるまでは精一杯力を尽くし、頑張ります」という文章を寄せていました。それで、「私も社会人になったし、もう大丈夫」「今まで本当にありがとう」という気持ちをこめて、メッセージを届けたのです。

映像に見入っていたみんなの目からは涙が止まりませんでした。

第三章

自分の気持ちを伝えたい

四月が嫌い

小学校に行くようになってから、私は四月が嫌いになりました。

私のことをよく知らない子から、「変な顔」「怖い」などと言われたり、指をさして笑われたりするからです。

入学して間もない一年生のとき、ある同級生の男の子が私の顔を見て、「変な顔！」と、まるで何かおもしろいものを見たかのように笑ってきました。

小さい頃の出来事は忘れてしまっていることも多いのですが、このときのその男の子の表情やすごく傷ついた自分の気持ちは、今でもはっきり覚えています。

何が「いじめ」なのか、いろいろな考え方はあるでしょう。私の場合、障害があることで体への暴力を受けたり、周りから無視されたり、仲間はずれにされたりすることはありませんでしたが、何もしていないのに中傷され、言葉で深く傷つけられることも、やっぱり「暴力」だし、「いじめ」なんじゃないかと思うのです。


小学校入学前、私が学校でいじめられるのではないかと心配した両親は、入学前に私を連れて学校に出向き、「見た目の障害でいじめを受けやすいので、何かあったら力になってほしい」と、校長先生に頼みました。学校は両親の頼みを受け入れ、そのおかげもあって、学校では新年度のたびに、それぞれのクラスで私の障害について先生が説明するなど、私に対するいじめがないようサポートしてくれました。そんな親身な対応は、私が通った学校が元々人権教育に熱心で、「差別はいけない」という意識を持っている先生たちが大勢いたこととも関係していたのではないかと思います。

また、この小学校がアットホームな雰囲気の小規模校だったことも、私にとってはプラスに働きました。先生たちは、私だけではなく、ひとつ上の学年にいた兄のことも気にかけ、良いことも悪いことも家に伝えてくれていましたし、我が家を頻繁に訪れては、母と親しく話していた記憶があります。そんな密なコミュニケーションや信頼関係は、私が安心して学校生活を送る上でとても大きかったはずです。

学校に頼むだけではなく、母は他の保護者にも私の病気のことを隠さずに話し、兄の同級生や近所に住むいとこの友だち、地域の人など、いろいろな人に私の存在を知ってもらおうと働きかけていました。

そうやって母が私のために一生懸命動いてくれたことで、私に対する偏見を持たない人の輪は広がっていったと思います。

それでも、嫌な目にあうことは避けられませんでした。

私が通った小学校には、幼稚園の同級生や小さい頃から知っている近所の子も大勢いて、その子たちと一緒にいるときは安心できました。でも、違う園から来た子や他の学年の子たちの中には、私の顔をジロジロ見たり、笑ったり、ヒソヒソ内緒話をしたりしてくる子が必ずいるのです。

先生たちがすぐに「そんなふうにジロジロ見てはいけません」「人のことを陰でコソコソ言うのは良くないよ」などと厳しく対応してくれたので、何度か先生に言われるうちに、嫌なことをしてくる子はほとんどいなくなるのですが、それまでの間は「また何か言われるんちゃうかな」「嫌なことをされるんちゃうかな」と、学校に行くことが不安でたまりませんでした。

そしてまた四月になって、新一年生が入ってくると、同じことが繰り返されます。背も小さかった私は、年下の一年生にも気後れして言い返すことができず、その子たちがいなくなるまで下を向いて、泣かないようにするのがやっとでした。

新年度が始まる前はいつも「また四月が来る……」と、憂鬱になりました。

長い間、私にとって桜の花は子どもの頃の憂鬱な気持ちをフラッシュバックさせるものでした。満開の桜を心からきれいだと思えるようになったのは、ここ数年のことです。

「そういうことは自分で言わんと」

先生がつきっきりでそばにいてくれた幼稚園のときと違い、学校では先生の目が届かないことも多くなります。泣いている私を見た友だちが先生を呼んできてくれることもよくありました。

けれども、母は「そういうことは自分で言わんと」と私に言い続けたのです。

学校から帰ってきた記代香を見れば、何も言わんでも「何かあったな」ということはすぐわかった。そのたび、「学校であったことは、その日のうちに先生に伝えやんと」と言い続けた。ただ泣いとるだけでは、「また泣いとるわー」ですんでしまって、何も変わらん。それに、相手の子に注意しようにも、時間が経てば起こったことがうやむやになって忘れられてしまう。

記代香は自分から活発に発言するタイプではないし、先生に話すのは大変やったかもしれやん。でも、そこはあえて記代香自身に言わせるようにした。「あけぼの学園」で教えられたように、いずれ記代香はひとりで社会の厳しさに立ち向かっていかなあかんのやからね。（母・晶子）

「自分で言わんと」と言われても、忙しそうな先生の様子に「いつ言おうか……」とタイミングを逃してしまい、結局言えずに帰ることもよくありました。
たぶん母は私の知らないところで先生に話をしていたはずですが、そんなときも「じゃあ、お母さんが先生に言っといたるわ」とはけっして言わず、「記代香が自分で言わんと」と、譲りませんでした。

そんな母の厳しさに、内心では「嫌なことを言われて悲しくてつらいのに、なんでそんなことまでしやなあかんの？」「私はお母さんみたいに言い返せへんのに……」と思いながら、母に怒られたくない一心で、少しずつ、自分で先生に話すことができるようになっていきました。

自分が嫌な想いをして傷ついたのなら、また同じことが起こらないよう、信頼できる人にちゃんと話すこと。その大切さを、母は教えたかったのだと思います。
そうやって母が厳しく鍛えてくれたことが、それから後の人生で、どれだけ私の役に立ったかわかりません。

熱血先生

先生に何があったかという報告はできるようになっても、自分がどれくらい傷ついているかということまでは、なかなか伝えられませんでした。

初めて先生に「これからずっと四月になるたび、不安になるのは嫌や！」という気持ちを言えたのは、小学三年生のときです。担任の安田賢行《まさゆき》先生は、「差別や偏見はいけない」ということを真剣に子どもたちに教えてくれる先生で、両親もとても信頼していました。

「見た目でいろいろ言われるのは、記代香のせいじゃない。悪いのは差別や偏見を持つ側の方で、記代香は悪くない」

そうきっぱり言ってくれたのは、安田先生やった。

先生のその言葉を聞くまでは、記代香が知らない人から嫌な目にあわされたとき、「ひどい」と憤《いきどお》りながらも、「見た目が人と違うんやから変なふうに見られてもしょうがない」と、考えとったところがあった。

だけど、先生のおかげで「そうや、記代香は悪くない！」と思えるようになった。

（母・晶子）

直接のきっかけになったのは、三年生の一学期に行った社会科見学での出来事でした。帰りの電車で一緒になった他校の子たちが私を見て、こちらに聞こえないようにコソコソと話をしては、ワッとおもしろそうに笑いました。私は「またか」と思いながら、相手は知らない子だし、今だけ我慢すればいいと、泣きたい気持ちを一生懸命抑えていました。

次の日、その話を聞いた僕は職員室で「こういうひどいことがあった」「一緒にいた友だちはどうして注意できなかったのかな」などと他の先生たちに話していたんです。そうしたら、ある先生に「ほんで、どうして君はその学校に抗議しなかったの？差別をなくすというのはそういう姿勢から始まるんじゃないの？」と言われ、ハッとしました。「そういう君が一番差別してるんやないの？」と指摘され、「相手は子どもだから」「ちょっとくらいしかたがない」という気持ちが自分の中にもあったことに気づき、愕然《がくぜん》としました。

記代香さんを守らなければ、と意気込んでいたのに、子どもにばかり偉そうなことを言っていて、自分自身の行動が伴っていなかった。いたたまれなくなって、「ご両親に殴られてもしかたがない」「でも、なかったことにはできない」と、山川家に謝罪に行きました。「申し訳ありませんでした！」と頭を下げる僕に、ご両親は責めることもせず、記代香さんが小さい頃のアルバムを見せながら「かわいいやろ」「だけど、外に出れば変な目で見られるんや」と話してくれました。

そのとき、「四月が怖い」という記代香さんの気持ちを知りました。学校では差別や偏見はいけないということをいつも教えていますが、そのことを子どもたちにもっと深く伝えるにはどうすればいいのか……。僕にとって、大きな宿題となりました。

いろいろ考えて、二学期の授業で、子どもたちに『島ひきおに』という話を紹介することにしました。本当は優しい心の持ち主なのに「鬼」だからと怖がられて村人に傷つけられ、ひとりぼっちで海をさまよう鬼の話を題材に、「本当の姿もよく知らないのに、見た目だけで決めつけていいのか」「自分たちも勝手に決めつけていることがあるんじゃないか」ということを、子どもたちに考えさせたいと思ったのです。

（安田賢行先生）

なぜ言い返せないのか

『島ひきおに』の授業の中で、「決めつけられたら、『自分はそんなんじゃない』『そんなこと言うな』と言い返せばいい」という意見が出ました。それに対し、「言い返すことなんてできない」という子も大勢いて、なぜ言い返せないのかという話になりました。

「相手が怖いから言い返せない」
「あまりにショックで、声が出なくなってしまう」
「周りに聞かれたくないし、早く終わらせたいから黙っている」
「言い返したら、もっとひどいことを言われるかもと心配になる」

みんなの意見を聞きながら、私は、これまで自分が学校に入ってきたばかりの一年生にすら言い返せず泣くことしかできなかったのは、それぐらい傷ついていたからなんや、と気づきました。

「怖い」
「おばけみたい」

「変な顔」

そんなことを言われ、笑われて平気なはずはありません。

本当は、「変な顔」「おばけみたい」と笑ってくる子たちに、「そんなこと言わんといて！」と、面と向かって言い返したい。

でも、言い返す前に泣けてきてしまって言葉が出てこないのです。

「なぜ言い返せないのか」ということについての話し合いは続き、私は黙って、みんなの話を聞いていました。

「言い返せない子に『気にしなくていいよ』と声をかけたい」

「自分が代わりに『そんなことを自分が言われたらどういう気持ち？』と言う」

そんな意見が活発に飛び交い、「このクラスになら、自分の気持ちを打ち明けられるかも……」と思った私は、安田先生に相談して、二学期の終わりにみんなの前で話をすることにしました。

みんなの前で気持ちを伝える

十二月のある日、先生は「今日は、ある子から大事な話があるんです。とっても大事なことだから聞いてもらえますか」と切り出しました。

目の前にいるのがよく知っているクラスメイトたちでも、改まって自分のことを話すとなると、ドキドキしました。

私は大勢の前で話すことが苦手で、みんなの前に出て発表することや順番に回ってくる教科書の音読、音楽の歌のテスト……とにかくそういう授業が大嫌いでした。

いつも心の中で「お願い！　私を当てやんといて……」と願っているのに、そういうときに限って当てられてしまいます。自分では、いつも通りの大きさで話しているつもりでも、先生からは「もうちょっと大きな声で」とよく注意されました。そう言われると、ますます自信がなくなり、声が出なくなるのです。

声に対するコンプレックスもありました。あごの骨が十分に発達しないで生まれてきて気道が狭いため、大きな声が出しづらく、口蓋裂《こうがいれつ》が原因で鼻から空気がもれるので、ちょっとこもったような声になります。

あるとき、数人の男子がふざけて私の本読みの真似をしてきました。

「そんなふうに聞こえとるんや……」

自分の声の聞こえ方が、自分と他人では違うということを知り、ショックを受けました。

病院で発音の訓練をしたり、自治体が設置している「ことばの教室」（言語通級指導教室）に通ってマンツーマンの指導を受けたりしたことで、成長するにつれ、だいぶ改善されましたが、大人になった今でも、話していて「相手はちゃんと聞き取れとるかな」と気になります。

一対一なら、言いたいことが相手にちゃんと伝わっているなと思えるのですが、三人以上になると、「もしかしたら、聞き取れてへん人もおるかも？」と、心配になることが多いのです。

安田先生に前に出るように促されたときも、心の中は不安でいっぱいでした。

それでも、なんとか勇気を出して、私は自分の想いを綴《つづ》った日記をみんなの前に出て読み上げました。

「四月になるのが心配です。それはなぜかというと、一年生に嫌なことを言われるからです。『変な顔』『怖い』とか、指をさされて笑われたり、集会のときや休み時間とかに会うたびに、いつも何か言われないか、笑われないか、心配で心配で、つらくてつらくて悲しくなります。言われたときには、むかついたり腹が立ったり、すごく泣けてきたりしました。がまんしても、そんなことが何回もあると『なんでそんなことを言われやなあかんのやろう。笑われやなあかんのやろう』『私は何にも悪くないのに、でも言い返せやんかった。言わんといて、笑わんといて、私が何かしたっ!?』って言いたいです」

クラスメイトたちの行動

読み終えると、教室がシーンと静まり返りました。

先生はみんなに「話を聞いて思ったことを書いてみよう」と呼びかけ、その後、みんなが自分がどう思ったかを次々に発表しました。

「いつも笑顔でいる記代香ちゃんにも、『そんなにつらいことがあるんだ』と思った」

「つらい気持ちをみんなに言うには、とても勇気がいると思う」

「話を聞いて、ものすごく頭にきて泣きそうになった」

誰もが、真剣に私の気持ちを受け止めてくれました。「記代香ちゃんの顔は変じゃないし、かわいいし、ぜんぜん笑えてこないし、怖くない」と言ってくれた子もいて、「勇気を出して、話をして良かった！」とうれしくなりました。

さらに先生は、あえてみんなの気持ちを試すように問いかけました。

「記代香が心配なのは四月のことやで、四年生になってから考えたらええんちゃうの？」

すると、「先生、四月になってから考えとったんでは、また記代香ちゃんが嫌なことを言われるかもしれん」とみんなが口々に言い始めたのです。そして、私が二度と学校で嫌な想いをしないように何ができるか、熱い議論が始まりました。

「来年、自分の妹（弟）が一年生になるから、今のうちに教えておけば、他の一年生が嫌なことを言ったときに注意できる」

「小学校に来る子がいる保育園や幼稚園に手紙を書く」

「三年生全員分の名刺をつくって、『なかよくしてね』などのメッセージを入れ、四月になったら一年生だけじゃなくていろいろな学年の人に渡す」
「四月のできるだけ早い時期に、新四年生と一年生が遊ぶ機会をつくる」

みんなが一生懸命、私のために知恵を出し合ってくれました。そして、三月に行なわれる幼稚園・保育園との交流会で、「鬼みこし」をつくり、園児たちと一緒に担《かつ》ごうということになりました。「鬼みこし」の「鬼」は、本当は優しい心の持ち主なのに人間たちに仲間はずれにされた島ひきおにです。

「島ひきおにはお話の中では誰とも遊べなかったけど、僕たちは一緒に担ぐんだ」

そんなみんなの想いがこもった「鬼みこし」は園児たちに大人気で、私たちはわいわい楽しくみこしを担ぎました。

「記代香ちゃんのことをもっとよく知ってください」

でも、四月になって新しく一年生が入ってくると、やっぱり今までと同じ、嫌な経験をしなければなりませんでした。

私が通っていた学校は毎年クラス替えがあり、四年のときの担任の先生は安田先生ではなくなりましたが、三年のときの授業で話し合ったことを、クラスのみんなはさっそく実行に移してくれました。

同じ学年の他のクラスも協力して何人かのグループをつくり、それぞれ四月の終わりの朝の会で、各クラスにメッセージを読み上げに行きました。「この表現でいいか」「こういう言葉は記代香ちゃんを傷つけないか」と相談しながらまとめたのがこのメッセージです。

「今日は、四年生からお願いがあってきました。四年生に山川記代香ちゃんという子がいます。その子は、生まれつきの病気のために耳が少し小さく、聞こえにくいので、胸に聞こえる機械（編注：補聴器のこと）をつけています。そして、ヒソヒソ話をされたり、じっと顔を見られて『怖い』と言われたりして、すごく悲しんでいます。学校にいても、『何か言われるんじゃないか』という不安がいつもあって安心できません。

私たちは、その話を記代香ちゃんから聞いて、みんなで話し合い、全クラスに言いに行くことにしました。

記代香ちゃんを悲しませているのは、記代香ちゃんのことを何も知らなくて、見た目だけで決めつけている人たちです。私たちは、記代香ちゃんがすごくやさしい子だということをよく知っています。どんなふうにやさしいかというと、私たちが困ったり、泣いたりしていると、『どうしたの』と声をかけてくれて、相談にのってくれます。そして、いっしょに助けてくれます。病気のときにも、すごく心配をしてくれます。それに、字もていねいで上手です。わすれ物でも、すぐにかしてくれます。

そんな記代香ちゃんのことをもっとよく知ってください。そして、私たちの大切ななかまをきずつけないでください。これ以上いやなことをされると、記代香ちゃんは心のきずがすごくひろがって、なおらないようになってしまいます。

だから、もしそんなことをしている人を見かけたら注意してください。そして、記代香ちゃんが安心して学校にこられるように手伝ってください」

メッセージを届けに行くとき、私は最初、教室に残っているつもりでした。行けば、嫌な想いをすると思ったからです。でも当日の朝、「やっぱり自分も行こう」と、勇気を出して、一年生の教室に向かいました。

教室に入ると、心配していた通り、私を指さし、隣の子と内緒話をする子が何人かいました。心の中ではすごく腹が立ちましたが、それでも何も言えずに下を向いていました。

一緒に行った子たちがメッセージを読み始めると、教室の雰囲気がさっと変わったのがわかりました。

「みんな考えてくれたかな」

「わかってくれたかな」

顔を上げると、どの子も真剣な目をしていました。さっき私を見て指さしてきた子も、反省したような表情をしていて、「勇気を出して来て良かった」とほっとしました。他のクラスに行った子たちも、「みんな、すごく静かに聞いてくれた」と言いながら帰ってきました。

この後も、四月に一年生から嫌なことを言われることがなくなったわけではありません。それでも、私だけでなく他の障害を持つ子たちへの偏見も減るなど、学校の雰囲気は明らかに良くなりました。

黙って泣いていても何も変わらない。

傷ついた気持ちを信頼できる誰かに伝えることで、確かに変化が生まれたのです。

ピアノがくれた出会い

思っていることを言葉にできなくて、モヤモヤしたり、落ち込んだりするときに、私を助けてくれるものがあります。それはピアノです。弾いているうちにネガティブな感情もおさまってくるし、何より、ピアノを弾くことが楽しいのです。

その楽しさを手放さずにすんだのは、私が三歳のときからピアノを習っている坂倉絹子《きぬこ》先生のおかげです。

手術で何度も長期入院をしなければならなかった私は、そのたび、ピアノのレッスンを中断しなければならず、せっかく覚えた曲も上手に弾けなくなってしまうことがよくありました。それでもめげずに坂倉先生の教室に通い続けられたのは、坂倉先生が「継続は力なり。やめたら終わり」といつも応援してくれたからです。

ピアノは、私が最初に始めた習い事です。

「あけぼの学園」のホールに置いてあったピアノで私が楽しそうに音を出して遊んでいるのを見て、私にピアノを習わせようと考えた母でしたが、ピアノ教室はたくさんあっても、障害のある子を受け入れてくれる場所はありませんでした。そこで、「あけぼの学園」の先生が紹介してくれた、坂倉先生のところに通うようになったのです。

初めて会った先生は、背が高くて声が大きく、怖くて、私は母の後ろに隠れていました。先生からは今でも、「きよちゃんは、恥ずかしがり屋さんで、お母ちゃんの後ろに隠れては、ひょこっと顔を出して様子をうかがってたな！」と言われます。

レッスンを続けているうち、先生が本当はとても優しい人だということがわかってきました。怒られたこともたくさんありますが、一緒に泣いたり、笑ったり、とても濃密な時間を先生と過ごしてきました。単なるピアノの先生と生徒という関係を超えて、先生からたくさんの刺激を受け、様々なことを学べたと思っています。

見た目のことで嫌な想いをしたとき、先生は自分のことのように悔しがってくれ、「きよちゃんは何も悪いことしていないんやから、堂々としとき！」とニコッと微笑《ほほえ》みかけてくれます。

一方で、私が何か間違ったことをしたら、「きよちゃん、それは違うよ！」と、何が間違っているのかということをわかりやすく教えてくれながら、きっぱりと叱ってくれます。

そんな器の大きな先生だからこそ、私は良いことも悪いこともすべて先生に見せてこられたのかもしれません。私にとって先生は、今では「第二の母」とも呼べるぐらい、とても大きな存在です。心配させたくなくて両親には言えない気持ちも、坂倉先生にならば打ち明けられるし、ポジティブな先生に話を聞いてもらうと、どんな悩みも「出口がある！」

と思えてきます。

障害を持つ仲間たちと

ピアノを習ったことで、私は大きく成長できたと思っています。もし坂倉先生のところでピアノを習わなければ、人前に出て何かをする勇気、何か言われても逃げずに乗り越える力をつけることはできなかったかもしれません。

坂倉先生の教室では、障害のある生徒とない生徒が一緒になって発表会などのステージに立っています。ピアノだけでなく、諏訪《すわ》太鼓やベル（ハンドベルやミュージックベル）も教えるようになった先生は、様々なチームを組んで演奏会を企画しています。小学生になってからは私も太鼓やベルを習い、他の生徒たちと一緒にステージに立つようになりました。

健常者に比べ、障害者は自分が注目を浴びて認めてもらえる場が少ない。だからこそ、自分からそういう場にどんどん出ていくことが大切なんです。

うちの教室では、健常者に交じって知的障害、ダウン症、脳性麻痺《まひ》、全盲、自閉症、四肢麻痺など、様々な障害を持っている子も一緒にレッスンしていますが、一歩外に出ると、世間の風は冷たいのが現実です。私は子どもたちが、どれだけ努力して音楽に向き合っているか、そしてどれだけ音楽を愛しているか、その姿を見て知ってもらうことが、その冷たさを変えるきっかけのひとつになると思っています。

音楽を習っていれば、一音一音、曲のタイミングに合わせて音を鳴らすことから始めて一曲弾けるようになるということや、発表会などのステージに立ったときに演奏に集中して自分のいる場所を離れないことなどは、見て、聞いて、体験して少しずつ覚えていくものです。けれども、障害を持った子にとっては、そう簡単にはいかず、わからないことばかりなのです。

あるとき、障害を理解してもらうためにと、私の話も交えながら、少しできるようになった演奏を披露する機会をつくったところ、「この子たちを見世物《みせもの》にして、親は何を考えとるんや」と、厳しい言葉を言われたこともありました。

それが今では、それぞれの生徒が工夫を重ねて、自分で表現できる演奏をし、その演奏を聴いた方々は障害を理解しようとあたたかく見守り、応援してくださるようになりました。もう誰からも「見世物」といった言葉は聞かなくなりました。生徒たち

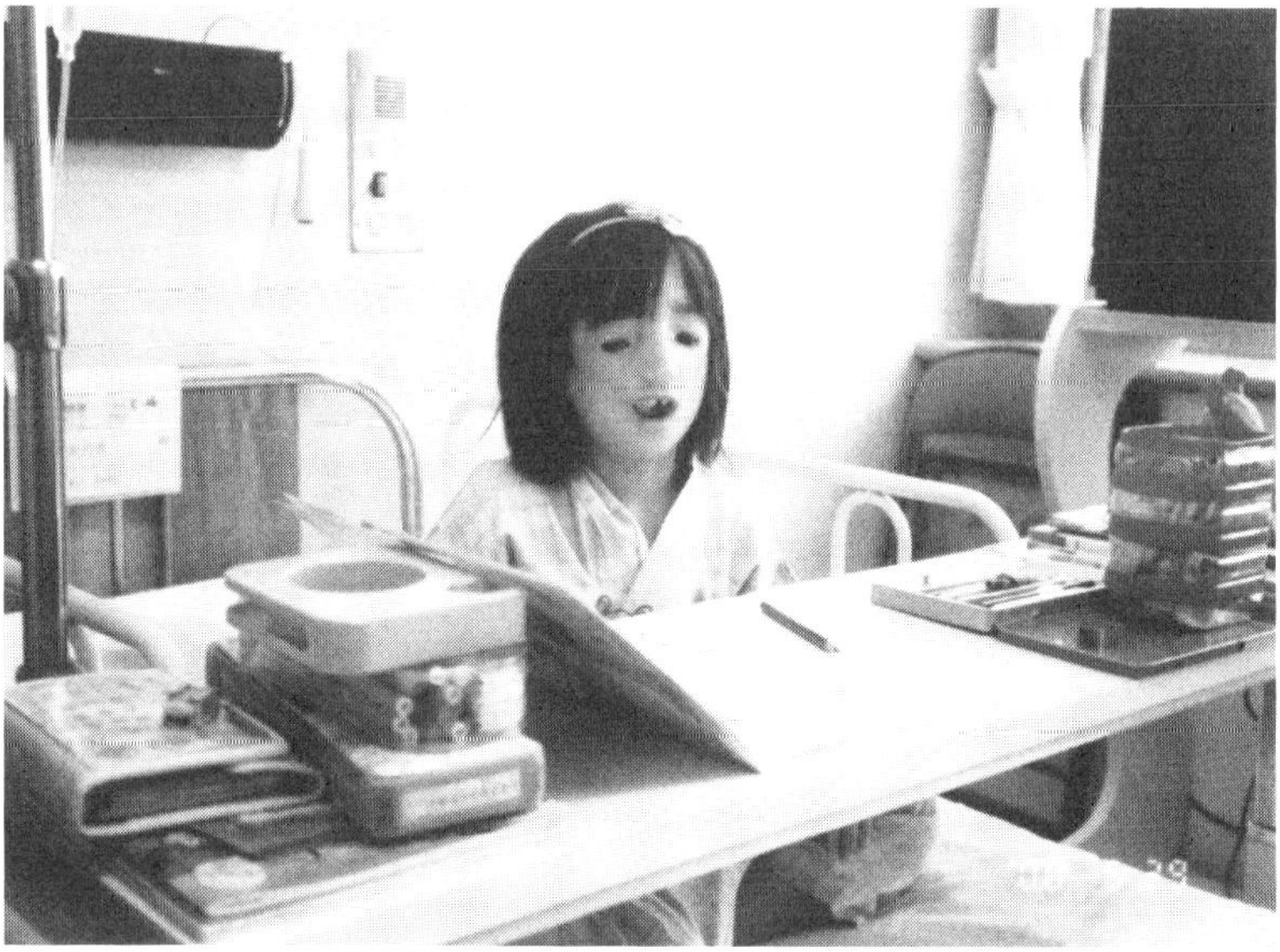

夏休みや春休みなど長期の休みのときはだいたい手術で入院していました。手術は大嫌いだったけれど、いろいろな年頃の子と交流できる入院生活を楽しんでもいました。

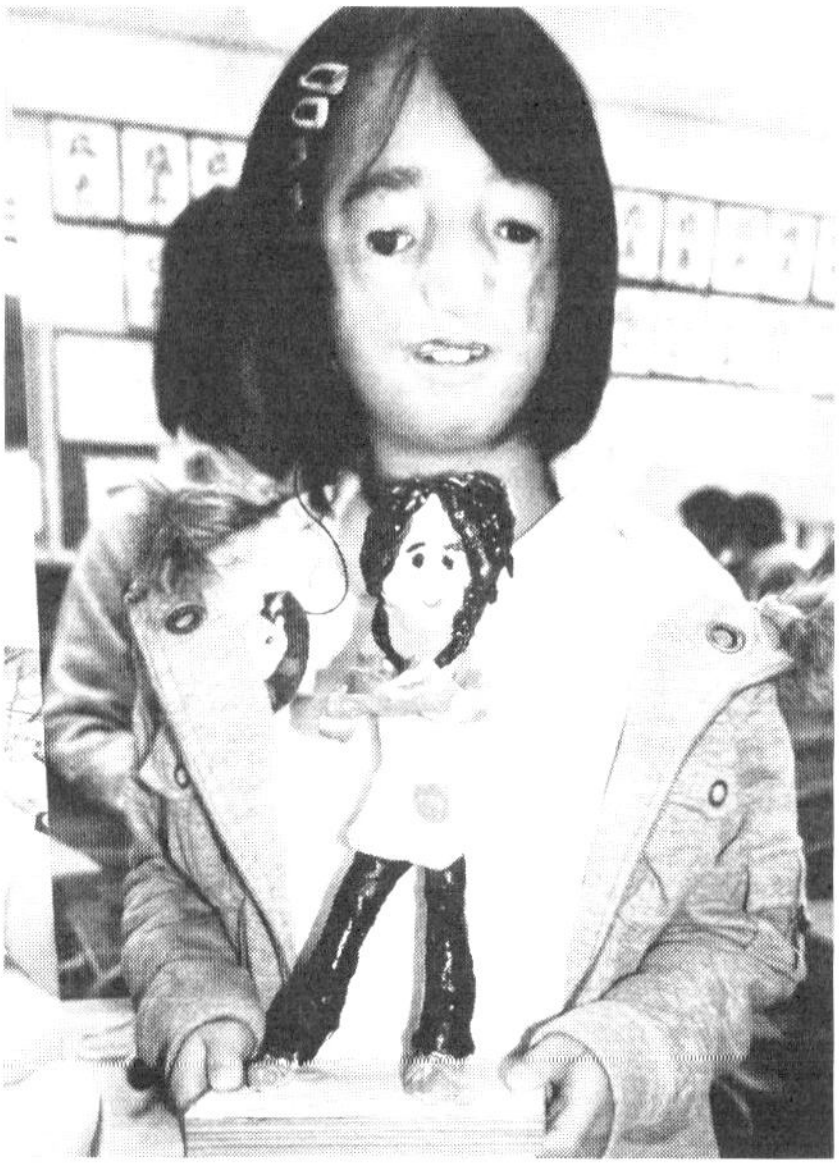

小学生のとき、「将来の夢」を表現した作品と。不器用な私は、一番なりたかった「ピアニスト」はグランドピアノを作るのが大変そうと思い、ケーキ屋さんに変更（笑）。

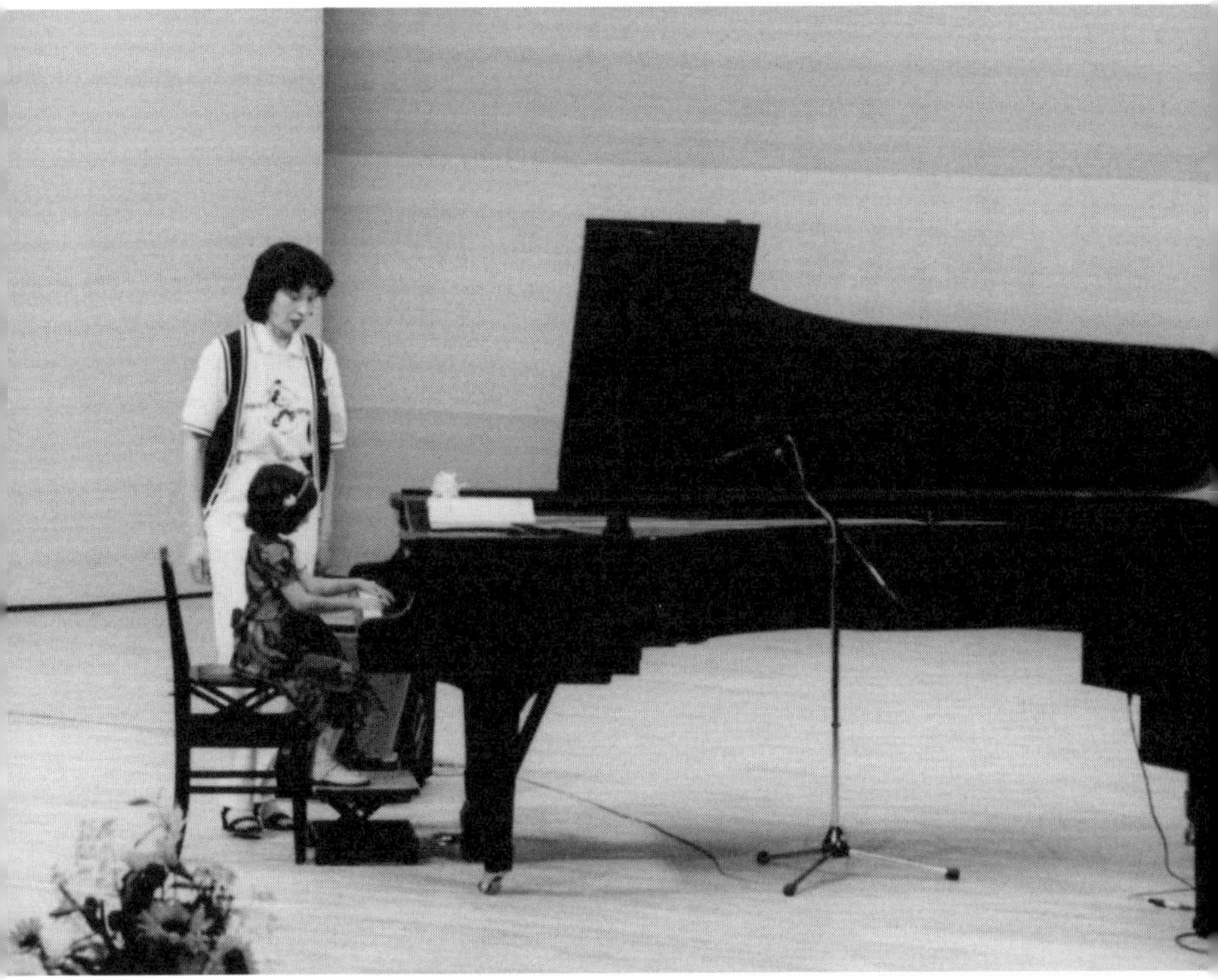

坂倉絹子先生の教室では年に1回、発表会がありました。このとき着ていたのは、母方の祖母手作りのワンピース。いつも支えてくれる先生のおかげで不安や緊張に打ち勝ち、人前に出られるようになりました。

も、イベントのたびにいただく声援や拍手に対して、自信を持って笑顔で対応するまでに成長し、次のイベントに向かって、日々練習しています。そのような子たちから「これがやりたい！」と言われたら、その想いに応えようと、こちらも頑張るしかないじゃないですか。（坂倉絹子先生）

坂倉先生の教室で出会った生徒さんたちが、障害があっても頑張って練習し、ステージで演奏している姿に、「自分も頑張ろう」と、私自身、すごく励まされてきました。

「片手しか動かすことができやんくても、こんなにピアノが弾けるんや」
「楽譜は読めやんくても、音で覚えて弾けるなんて、すごいな」

今、素晴らしい音を奏でる仲間たちが、どれだけ苦労を重ねながら音楽を学んでここまできたのか、思い出すと、じーんとしてしまいます。仲間たちとのステージは、先生や親御さんたちも含めたみんなの努力の積み重ねでできあがったものなのです。

誰かがそばにいてくれる

好きな音楽を仲間と一緒に演奏できること自体は楽しく、頑張って練習した曲を発表する達成感もありました。また、ステージに立ち、人前に出て演奏することは、自分を強くするための大きな力にもなったと思います。

いざ演奏を始めると、「みんなに聴いてほしい」という想いが強くなり、気づいた頃には、それまでの不安や緊張など忘れて落ち着いていられる自分がいます。そうやって何度もステージに立つ経験をすることで、勇気を出して不安や緊張を乗り越えた後、客席からたくさんの拍手をもらえるうれしさを自然と知ることができたのです。

他の知らないグループとステージや練習で一緒になったときは、やはりいつもの無遠慮な視線やヒソヒソ話、ゲラゲラ笑いがついてまわります。それを思うと、「行きたくない」という気持ちになることもありました。

そんなとき、母は私の気持ちを受け止めつつ、「これで逃げたら、ずっと逃げの人生を歩んでしまう。逃げ癖がついてしまう。だから、逃げたらあかん」と言って送り出しました。和太鼓は父や近所の友だちも一緒に練習していたので、「ひとりじゃない」という心強さはありましたが、それでも心配そうな私を見た坂倉先生は、「大丈夫！　先生がきよちゃんの後ろにおったる！　何かあったら、すぐに飛んで助けに行くから！」と、励ましてくれました。

実際、演奏する間、先生はずっと私のそばにいてくれました。おかげで、どんなに不安でも、勇気を出して人前に立てたのです。演奏の途中で補聴器の電池が切れてほとんど音が聞こえなくなったときも、「坂倉先生がそばにいてくれる」という心強さがあると、落ち着いてそのまま演奏を続けることができました。演奏後、補聴器の電池が切れていたことを話したら、先生も両親も驚いていたのを今でも覚えています。

小学五年生のときには、横浜で開催された「ピアノ・パラリンピック」にも参加しました。ピアノ・パラリンピックは「日本障害者ピアノ指導者研究会」を主体とする実行委員会が主催し、世界十六か国から様々な障害がある人たち約八十人が参加するという、とても大きな大会です。

坂倉先生から「きよちゃん、こんなのあるけど、どうする？」と聞かれたとき、私は「行く！」と即答しました。

初めて新幹線に乗って横浜へ行くと、これまで経験したことのないような広いホールの客席を、アメリカ大使館などから来られた大勢の来賓《らいひん》も含め、たくさんの観客が埋めていました。

私は映画『千と千尋《ちひろ》の神隠し』のテーマ曲『いつも何度でも』を弾き、努力賞をいただきました。実は出場者は全員表彰されたのですが、満員の観客から大きな拍手をもらったことが私にとっては一番の「賞」でした。

演奏が終わってトイレに行ったとき、見ず知らずのふたりの女性に、「あなたの演奏、本当に良かった！」「感動した」と声をかけられました。それだけではなく、その人たちは「勇気をもらった」「ありがとう」と言うのです。

ただ好きで続けてきたピアノでしたが、こんなふうに自分の演奏で人を励ますことができるなんて……。

これは、私にとって初めての発見でした。

自分を変えたい！

四月になるたびに新一年生から嫌な目にあう私を心配した母は、五歳下の妹を地元の保育園に通わせることにしました。妹のお迎えなどで普段から私と接する子たちが増えていけば、新一年生が私をジロジロ見たり、嫌なことを言ってきたりするようなこともなくなっていくのでは、と考えたのです。

けれども保育園に行くと、やっぱり何人かの園児たちから「おばけみたい」などと言われてしまいます。保育園の先生たちは厳しく対応してくれましたが、それでも私は悲しくて悔しくてなりませんでした。

そのことを坂倉先生に話すと、先生は園児たちが私も含めた障害を持つ人たちのことを知る機会をつくろうと考え、坂倉先生の教室に通う生徒たちとその保護者でつくったグループ「ポップメイツ（現ミュージックパレット）」で、保育園でのコンサートを行なうことになりました。今では毎年恒例の行事になっています。

この演奏会では、ピアニカやベル、ピアノなど、様々な楽器をメンバーで演奏します。人前に立つのは苦手な私も、「ポップメイツ」のコンサートは「何か嫌なことを言われてもいい」と覚悟して出ていきます。

真剣なまなざしで私たちの演奏を一生懸命聴いている園児たちを見ていると、「勇気を出して、人前に出て良かった！」と思えます。この年頃の子どもたちは、一時間も一緒に過ごせば、「おねえちゃん」と、素直に私を受け入れてくれます。回を重ねるうち、少しずつ前に出る自信もつき、坂倉先生の教室でピアノを習い始めた妹と一緒に連弾もできるようになるなど、私なりに手ごたえを感じるようになっていきました。

私が中学生になった年のことです。

それまでのコンサートでは、坂倉先生と一緒に園児たちの前に立ち、先生が毎回私の障害のことや言葉のいじめを受けて傷ついていることなどについて、わかりやすく話をしてくれていましたが、あるとき先生から「きよちゃんも、もう自分で言えるやろ。今年は自分で自分のことについて話してみたら？」と言われました。

マイクを渡された私は、「知らない子から『おばけみたい』『怖い』と言われるのが、すごく嫌です」と口に出したとたん、言われたときの嫌な気持ちがわっとこみあげてきて、それ以上、言葉が出てこなくなってしまいました。

私の目の前にいたのは、自分よりずっと幼い保育園児でした。

それなのに、気心の知れたクラスメイトの前で話した三年生のときとはまったく違う感情がわき起こってきたのです。これは、自分でも想像もしなかったことでした。

見知らぬ大勢の視線を浴びながら自分のことを話すのがこんなにもつらいなんて……何も言えない私を見て、代わりに話を続けてくれた坂倉先生の声を聞きながら、涙があふれてくるのをどうしても止めることができませんでした。

母は、そんな私をもどかしく思っていたのでしょう。

いつも「黙っとったら、わからんやろ」「なんで言えやんの！」と、言われていました。

私だって、本当は自分の口で言いたい。でも、どうしたら母みたいに話せるのかわからないのです。

「なんで、そんなこと私がせなあかんの」

「そんなん無理」

「怖い」

「簡単に言わんといて」

「どうしても泣いてしまう自分が悔しい」

そんな気持ちすら、うまく言葉にできない。それは、相手が一番身近な母であっても同じでした。

今の自分をどうにかして変えたい。

それでも、やっぱり変われない自分自身に苦しむ日々が続きました。

第四章

人前に立つということ

自分を変えるチャンス

高校に入学した私に、自分を変えるチャンスがやってきました。

どこの高校に行くか考えるとき、私にとって一番の条件は「電車通学をしなくてすむ」ということでした。毎日、電車で知らない人の視線を浴びるのが嫌だったからです。条件に合う進学先は、家から自転車ですぐのところにある地元の県立高校一択でした。

でも、合格しなければその高校に通うことはできません。私は勉強が嫌いだったので、無事受かったときは、「これで電車通学をしなくてすむ」と、ほっとしました。

小学生のとき、この高校の生徒とトラブルが起こったことがありました。

私の家から小学校までの通学路は、駅からこの高校への通り道になっていて、それまでも、すれ違うときに嫌な視線や言葉を投げつけてくる高校生がいました。向こうからやってくる高校生たちの姿が見えても、狭い道で逃げ場はありません。自分よりずっと背が高い高校生たちが歩いてくると、怖くてたまらず、「気づかれませんように」とドキドキしながら、下を向いて歩くのが精一杯。私は、この登下校の時間が大嫌いでした。雨が降る日は、高校生たちに見られないよう、傘で顔を隠していました。

小学四年のある日のことです。下校途中の私が「あっ」と思ったときはもう下を向く間もなく、三人の女子高校生がすぐ近くにいました。彼女たちからは、何度も嫌な目にあわされていて、このときも、ひとりが私に気づくと指をさし、三人一緒になって私の方を見ながらゲラゲラと大きな声で笑ってきました。

「高校生にもなってこういうことをしてくるなんて、ひどすぎる！」

それまで我慢してきた分、感情が爆発して、こらえようとしても涙が次から次へとあふれました。泣きながら家に帰ってきた私からその話を聞いた母は、すぐに高校に抗議の電話をかけました。

数日後、高校の先生が謝罪に訪れ、「こういうことが二度と起こらないように」と、生徒たちに私の障害について話をすると約束してくれました。

けれども、「高校生が来る！」と思うと、私は通学路で顔を上げて歩くことができなくなってしまいました。「また笑われるんやないか」と怖かったのです。

しばらくして、高校の先生がコピーの束を手に再び我が家にやってきました。全クラスのホームルームで私が高校の生徒から心ない仕打ちを受けたことを話し、それを受けて、

「マイナスのメッセージを受け取ってしまったこの子にプラスのメッセージを贈ろう」と呼びかけたというのです。そして、コピーに記された、生徒たちからのメッセージを見せてくれました。


「うちの生徒がひどいことを言って、ほんとにごめんね」

「通学路であなたのことをよく見かけるけど、赤いカチューシャがよく似合ってるよ」

「学校に通うために一生懸命歩いているあなたはとっても強いと思う！」

「今度、嫌なことを言っている生徒を見たら、注意するよ！」

「自分も生まれつき顔にあざがあって、『バケモノみたい』『気持ち悪い』と言われたことがあります。でも、支えてくれた先生や友だち、両親のおかげで頑張れているよ。いつか話ができたらいいいな」


そんなあたたかい言葉が次々と目に飛び込んできました。


「あなたはひとりじゃないよ」

「頑張っているあなたは素敵だよ」

高校生たちが書いてくれたメッセージを読みながら、「高校生も、嫌な人ばかりやないんや」と少しずつ思えるようになりました。

進学先を決めるとき、私が家から通える唯一の高校がその学校だったのも、何かの縁だったのかもしれません。合格発表の後、あのとき家に来てくれた先生に「よろしくお願いします」と挨拶に行くと、先生は「嫌な想いをしたのに、うちの学校を選んでくれてありがとう」と歓迎してくれました。

母も学校に行き、私の障害のことや見た目のことで嫌な想いをいつもしていることなどを説明し、四月に新入生からいじめを受けたりすることがないよう、各クラスの担任の先生から私の障害について説明してもらうよう、学校にお願いをしました。その話を横で聞いていた私の心の中には、母への感謝と同時に「いつまでも母に頼っとったらあかんな」という想いが少し芽生え始めていました。

人間関係の悩み

私が入学した高校には、普通科の中に福祉を専門に勉強するコースがあります。このコースだけ、三年間クラス替えがなく、担任の先生も同じと知り、「これなら人間関係を築くのが苦手な私でも安心して通えるかも」と考えて選びました。

私は友だちがたくさんいるタイプではありません。聞こえ方や声の問題もあって、大勢の中でわいわいするのは、「自分の言っとることがちゃんと伝わっとるのかな？」「音がたくさん聞こえてきて、みんなの話がよく聞こえへんのやけど……」と不安になりがちなので、苦手です。

幼稚園、小学校、中学校は、周りがほとんど顔なじみという環境でした。同級生の顔ぶれもほとんど変わらず、田舎ということもあって、中学に入る頃になると、上級生や下級生もみんな知り合いという感じになり、学校では見た目のことで嫌な想いをすることもなくなりました。

一方、中学校では、思春期にありがちな女子同士の複雑な人間関係で悩むことが増えました。

みんなとちょっと変わったことをすると浮いてしまったり、陰で悪口を言ったり、クラスの力関係で目立つ子がおとなしい子をからかったり、仲間はずれにしたり……。昨日まで仲良く遊んでいた子が「他の子といたいから」と離れていったときには、「友だちって、なんやろう?」「うわべだけのつきあいって、疲れるな」という気持ちになりました。

今になれば、「みんな、自分のことでいっぱいいっぱいで、イライラしとったんやな」と振り返ることができますが、「小さいときからずっと一緒に育ってきたのに、なんでそんなこと言うんやろう」「みんな、変わったな」と、とまどいを感じずにはいられませんでした。

小さい頃は何も考えずに本音で話せていたのに、「あれ、なんか違う?」という反応が返ってくることも多くなりました。

「こんなことを言ったら、面倒くさくなるかな」
「だったら、関わらんようにしよう……」

ただでさえ人とコミュニケーションをとることが苦手な私は、中学の二、三年頃から「そこまでせんと人間関係が築けやんなら、私はひとりでいいや」と思うようになっていきました。

ひとりでいる方が楽だと思うようになったのは、恋バナをしているみんなと一緒にいたくない、ということも関係していたと思います。

中学生になると、女子同士でどんな男子が好きかという話で盛り上がることも増えますが、自分は恋愛対象じゃないと思い込んでいた私は、恋愛にはまったく興味を持てずにいました。今振り返ると、恋愛に興味を示すこと自体、いけないと思っていたところがあります。

「そういう自分が恋バナの輪の中におると、楽しい空気を乱してしまうんやないか……」

「見た目の障害があるから恋バナには関係ない、という態度を取られるのはものすごく傷つく」

「かといって、『好きな人はいないの？』とかも聞かれたくない」

モヤモヤした気持ちが渦巻いて、恋バナにまつわることすべてが、とにかく嫌だったのです。

友だちづくり

でも、高校では「ひとりでいい」というわけにはいきません。

知り合いばかりだったそれまでの環境とは異なり、クラスの大部分は初めて見る顔ばかりです。学校の規模も一学年七クラスとぐんと大きくなり、何かあったときに助けてくれる仲間をつくるために、まずは「山川記代香」という人間を知ってもらえるようにしよう。それには自分から行動しなければ、と思いました。

覚悟はしていましたが、校内を歩いているときはもちろん、教室の中でも私への視線を感じます。

クラスメイトたちの視線は、好奇心でジロジロ見るという無遠慮なものとは少し違いました。福祉を学ぼうという生徒たちが集まっていたので、障害のある人への気遣いもあったのかもしれません。ちょっと怖がっているというか、「どんな子なんだろう？」といろいろ想像している感じでした。入学したばかりの頃、私がクラスメイトのことをよく知らなかったのと同じで、クラスメイトたちも私のことを知らなかったのです。

いざ自分のことを知ってもらおうと思っても、コミュニケーションが得意でない私に、自分からどんどんグループの輪の中に入っていくのは、ハードルが高すぎます。

ひとりでいる子にまず声をかけ、その子の友だちにつながり、またその友だちと知り合いになる……というふうにすれば、無理せず友人関係を広げていけるかもしれない。そう考えた私は、勇気を出して「友だちになれそう」という子に自分から声をかけてみました。この方法はうまくいき、いつも一緒にいる親しい友人もできて、いつしかクラスメイトとも自然に接することができるようになりました。

クラスの外で嫌な目にあったときは、「またか」と思いながらも、先生にすぐ報告し、対応してもらっていました。相変わらず、直接相手に言い返すことはできませんでしたが、小学生のときから言われ続けていた「学校であったことはその日のうちに先生に言う」という母の教えも身につき、「今日は言えんかった」「だったら、明日言いなさい」という家でのやりとりもほとんどなくなっていました。

そういうことを繰り返し、高校三年生になる頃には「もうこの学校の中で、見た目のことで嫌な想いをすることはないよな」とまで思えるようになっていました。

でも、それは大きな間違いだったのです。

「事件」発生

高校三年のある秋の朝、私がいつものように自転車で学校に向かっていると、三、四人の下級生の男子たちが私を待ち構えるようにして立っていました。

「怖い～」

彼らは私を見るなり、からかうようにゲラゲラ笑い出したのです。

その瞬間、激しい怒りの感情がこみあげてきました。

その下級生たちはすでに二年近く一緒に学校で過ごしてきて、私が見た目の障害で他人から嫌な目にあってきたことを知っていました。それなのに、彼らは私を見て笑ってきたのです。

「今さら、なんで!?」

怒りとショックで呆然《ぼうぜん》としました。

それでも、私は彼らに言い返すことができなかった……。

登校してすぐに担任の先生に報告すると、「事件」を知ったクラスのみんなも自分のことのように怒ってくれました。

「なんで何もしてない記代香ちゃんが、そんなこと言われなきゃいけないの？」
「まだそんなことを言う人がいるなんて！」
「ふざけんなよ！」

みんなの反応に少し慰められはしたものの、あの下級生たちに何も言えなかった弱い自分への腹立たしさはおさまりません。ぐちゃぐちゃな気持ちのまま家に帰り、母に思いの丈《たけ》をぶちまけるように、「事件」のことを話しました。

すると母は、「これまでのように先生に注意してもらうだけではあかん。やっぱり記代香自身が全校生徒に病気のことを話すしかないと思うわ」と言い出したのです。

坂倉先生のコンサートで、自分でスピーチするように言われても、どうしても言葉が出てこやん記代香を見てきた。それだけつらいというのはわかる。でも、やっぱり本人が言わんと、ちゃんと伝わらない。親や先生があれだけ言っても、通じやん子たちがおるんやからね。

私は、思っとることはたくさんあるのに、それを言えん記代香がもどかしくてならんかった。何より、記代香自身がそんな自分を変えたいとずっと思っとったことにも気づいてた。

いつもと違って怒りを露《あらわ》にする記代香を見て、変えるなら今や！　と思った。


記代香からは、「そんなん絶対無理！」と言い返されたけど、記代香がなんと言おうと、もう絶対に譲らんかった。（母・晶子）

保育園児の前ですら泣いてしまう私に、高校の全校生徒の前に立って話すなんて、できるわけがありません。

私がどんなに「無理！」「自信ない！」と訴えても、母は「記代香なら言える！　大丈夫！　もう今のあんたなら言えるやんか！　変わらなあかんって！」と、いつも以上に私を強く突き放し、その口調も「言ってみたら」から「自分で言わなきゃ」、「言え」と、だんだん一方的な命令口調になっていきました。明らかに今までとは違う、強い母の態度に「とにかく逆らえない」と私は追いこまれました。大げさではなく、まるで火を吹く怪獣のような迫力で迫ってきたのです。

「どうせ何を言っても聞いてくれへんのや！」と、だんだん腹が立ってきた私は、つい勢いで「じゃあ、やったるわ！」と口にしてしまったのです。

すぐに「あー、『やる』って言ってしもた……」と後悔しましたが、もう後戻りはできません。

やるからには、ちゃんと伝えたい

あくる日、担任の先生に「全校生徒の前で、自分の病気について自分の口から話したい」と話したところ、職員会議で検討してくれることになり、一週間後の全校生徒を対象にした講演会の終了後、特別に時間をもらえることになりました。

それまでの私は、自分の障害について説明してくれる母や坂倉先生の後ろにいれば、それですんでいました。

でも、今度は、自分の言葉で伝えなければなりません。

母や坂倉先生が自分のことを説明しているのをずっと聞いてきたのに、いざ自分で話すとなると、なかなか言葉が出てきません。自分で話すことと、誰かに自分のことを話してもらうことは、まったく違うのだと気づきました。

「どう言えばわかってもらえるんやろう？」
「どんな言葉を使えばいいんやろう？」
「お母さんはこう言っとったけど、自分が同じように言っても大丈夫かな」

文章を書くことが苦手な私ですが、やるからには、ちゃんと伝えたいし、伝わってほしい。

悩みに悩んでスピーチの原稿を準備し、両親や先生にも見てもらいました。また、私の発音が伝わりにくいことも考慮し、念のため、スピーチするときは原稿をモニターに映してもらうよう、お願いしました。

少し長くなりますが、これがそのときに作った原稿です。

三年六組、山川記代香です。
私は、トリーチャー・コリンズ症候群という五万人に一人の割合の障害を持って生まれてきました。ほっぺたやあご、顔の骨の発達不良、耳の形が不完全などの特徴があります。また、口蓋裂《こうがいれつ》という病気も持っています。そのため、聞き取りにくいと思いますが理解の方をよろしくお願いします。
私は、今までずっと嫌な想いをしてきました。たとえば、買い物に行くとき、顔のことを言われたり……指をさされ、白い目で見られたり、親子で見られたりなど……いろいろありました。また、この高校でもいくつか嫌なことがありました。先生から自分のことを伝えてもらっていても、嫌なことを言う人がいました。本当につらかったです！「どうして、何もしていないのに怖いとか言われなくてはいけないのか？」知りたいです。そして、数えきれないほどの手術をしてきて、耐えてきているのに……といつも思います。

今日、ここに立つことはとても嫌で緊張していますが、みなさんにわかってもらいたい気持ちで頑張っています。

今、私が一番伝えたいことは、人の傷つく言葉をおもしろおかしく平気で言わないでほしいということです。そういう言動は絶対にしないでください。

今まで嫌なこともありましたが、中には良いこともありました。それは、今までたくさんの人たちに出会ってたくさん助けてもらえたことです。今も、ピアノの先生が行なっている障害の子と接するボランティアでスタッフとして働き、地元の保育園のコンサートではピアノやハンドベルを担当したりしています。いつか私の病気を理解してくれる人が増えることを願い、前向きに頑張っています。

私は、この高校に来て先生に出会い、また六組の仲間に出会い、本当に心強く、入学して良かったと思っています。

今日、この場で自分のことをみなさんに伝えようと思ったのは、この場に立つことで本当に強くなれる、強くなりたいと思ったからです。そして、大学でも自分の病気のことを伝えていく勇気を持ちたいと思ったからです。

私は頑張って良かったと思える道に進むことができるよう、今後も頑張っていきたいです。

今日、話せる機会を作っていただき、そして聞いていただき、ありがとうございました。

いよいよ、本番の日を迎えました。

その日の講演会は「生命《いのち》のメッセージ」という、家族を不意の事故や病気、犯罪などで亡くした遺族の方たちの団体によるものでした。講演が終わって、私が話す時間になり、私は何度も書き直した原稿とマイクを手に、体育館の壇上に上がりました。

目の前には約七百人の全校生徒が座っています。その視線がいっせいに私に向けられていると思うと、不安と緊張で震えてしまいそうでした。

途中で話せなくなっても、マイクを受け取って私の代わりに話してくれる坂倉先生もいません。いつもの私なら、きっと泣いていたでしょう。

けれども、不思議とそのときは違いました。

「今日はみなさんに伝えたいことがあります」

マイクを持って話し始めると、それまでの不安や緊張が嘘のようにスーッと消えていきました。

心の中には「ちゃんと伝えたい」「わかってほしい」ということしかありませんでした。相手の視線が怖くて下を向いてばかりいた私が、このとき初めて、涙も流さず、自分の口で自分の想いを最後まで堂々と話すことができたのです。

手に持った原稿を読んでいる間は、聞いている生徒たちを見渡す余裕はあまりありませんでしたが、私語ひとつない、しんとした空気に、「ああ、ちゃんと聞いてくれたんや」とうれしくなりました。

スピーチが終わるまで、まさか自分が人前に立って言葉を発することができるなんて思ってもいませんでした。

母や坂倉先生が前におらんくても、自分ひとりで立ち向かえられたんや！

ずっと乗り越えたかった高い壁が、目の前からなくなった瞬間でした。

見守っていた母

高ぶった気持ちで壇上から降り、自分の席に戻ろうとしたとき、体育館の後ろの陰にいる母の姿が目に入りました。

この日、母は、私が全校生徒を前にしてちゃんと話せるかどうか心配でたまらず、仕事を抜けて駆けつけてきてくれていたのです。けれども、私が母の姿を目にしたらきっと緊張してしまうだろうからと、先生に頼んで、目立たないよう、体育館の後ろから見守っていたのでした。

母が来ることを知らされていなかった私はびっくりしましたが、母から「頑張ったね」と言われたとたん、「ああ、言えたんや！　自分、やればできるんや！」という感情がわーっとわき出てきて、母と抱き合って泣いてしまいました。私を抱く母の目からも涙があふれていました。私が「無理」と言っても許さなかった母の厳しさにも、ただただ感謝の気持ちでいっぱいになりました。最初からあきらめることは簡単ですが、母のおかげで、頑張ることに意味があることを実感したのです。

教室に戻ると、先生もクラスメイトたちも泣きながら「よく頑張って話したね」「人前で自分の障害について話せるなんてすごい」と声をかけてくれ、じんわりと涙が出てきてしまいました。

その後、同じ学年の生徒たちから私のスピーチについての感想を記したメッセージカードをもらいました。

「全校生徒の前で話せるなんて、すごい勇気があると思ったし、元気をもらった」
「いろんなつらい想いをしていても学校に来ているなんて、すごく強いと思う」
「いつも友だちでいたけど、病気のことは全然知らなかったから、わかって良かった」
「今まで頑張って乗り越えてきた分、良いこともあると思うよ」

「前向きに生きていく姿勢を見習いたいです」

胸がじんとなるような言葉が、たくさん並んでいました。うれしかったのは、「話してくれて、ありがとう」と書いてくれた人たちが大勢いたことです。こうした反応は、母や先生たちに代わりに言ってもらっていたこれまでにはなかったものでした。上手な表現やわかりやすい説明でなくても、自分自身で伝えるからこそ、一層、相手の心に届くということがわかったのです。

それから高校を卒業するまでの数か月、私は同じ高校に通う生徒たちから二度と嫌な想いをさせられることはありませんでした。

人前に立つことはつらいけれど、そこで逃げずに立ち向かうことで、何かを変えることができる。それは、立ち向かったからこそわかるのだと……。

全校生徒の前でスピーチした経験は、私にとって大きな人生の転機となりました。はたから見れば、小さな一歩かもしれません。だけど、私にとってとてつもない勇気を必要としたその一歩は、踏み出した先に新たな世界や出会いをもたらしてくれる、とても大きなものでした。

見た目の障害があるとメディアに出られない？

高校卒業も間近になったある日、担任の先生から「学校に取材に来ていた新聞記者から、あなたのことを記事にしたいという依頼が来た」と連絡がありました。

「お願いします」と、即答したのには理由があります。

以前、坂倉先生のピアノ教室の仲間たちと一緒に和太鼓を演奏したとき、地元のテレビ局から取材を受けたことがありました。

「撮影しても大丈夫でしょうか」

テレビ局のスタッフから尋ねられた両親と私は、「かまいません、どうぞ映してください」と返事をしました。ところが、実際の放送では、他の仲間は映っていたのに、私の姿は切られていたのです。

「映ってもいい、って言ったのに！」とショックを受けた一方で、「やっぱり、見た目の障害があるとメディアに出るのは難しいんかな」と現実の厳しさを突きつけられた気がしました。

だから、『記事にしたい」と言われたとき、「これはチャンスや！」と思ったのです。

取材当日、新聞記者の方が我が家に来て、両親も交えてインタビューを受けました。私たちが話したことは「難病少女　旅立ちの春」という見出しの記事になり、トリーチャー・コリンズ症候群がどういう病気かという説明や、私が何度も手術や偏見を乗り越えてきたこと、周囲の人たちに支えられてきたこと、そして勇気を出して全校生徒の前で話をしたことなど、伝えたいと思っていたことが、四段組のスペースにきちんとまとめられていました。

「難病少女」という大きな見出しの文字に、「そっか、私は難病少女やったんや……」と少しとまどいました。それまで自分のことをそんなふうに思ったことはなかったからです。大人になってから、主治医の先生に「きよちゃんはトリーチャー・コリンズ症候群の中でも重度だよ」と言われて納得しましたが、新聞に取材されることで、私は初めて自分のことを客観的に見る機会を得たのでした。

記事には私がピアノを演奏している写真が添えられました。撮影するとき、記者の方が「どの角度からがいいでしょうか」と非常に気を使って、様々な角度から何枚も写真を撮っていました。「記代香さんのことを初めて見る人もいますし、いろいろな人がいるので」と説明されたものの、「自分たちは知ってもらいたいから取材を受けていて、どんな角度でも私は私、全然かまわないのに」「そこまで気をつかわなくても……」と思いました。それだけ写り具合を気にするということは、メディアとして私の写真を出すことにはやはり勇気がいるのかもしれない……。できあがった新聞記事を見て、「頑張ってきて良かった」とうれしかったものの、どこか割り切れない想いも残りました。

憧れだった『24時間テレビ』

大学一年生の夏、今度はテレビ出演の話が舞い込んできました。

新聞に掲載された私の記事を読んだテレビ局のプロデューサーから連絡があり、毎年恒例のチャリティー番組『24時間テレビ～愛は地球を救う～』の東海地方限定で放送される直前スペシャル番組『東海3県1200万人　私たちの未来』で私を取り上げたいというのです。

『24時間テレビ』にやっと出られる！

「お涙ちょうだい」「感動ポルノ」という批判もありますが、毎年のように観てきたこの番組は、その頃の私にとって長い間の憧れでした。『24時間テレビ』で紹介される方たちから「私も頑張らないと」と勇気をもらいながら、「自分もいつかこの人たちのようにテレビに出て、トリーチャー・コリンズ症候群という病気を知ってもらいたい」と願い続けてきたのです。

『24時間テレビ』では、肢体不自由の障害を持つ人たちや難病と闘う人たちは大勢紹介されているのに、見た目の障害を持つ人が出演することはなく、「自分たちが伝えたいと思っても、メディアは取り上げてくれへんよな」とあきらめていました。

叶《かな》わないと思っていたその「夢」が現実のものになると聞いて、「私もテレビに出ていいんや！」と不安よりまっ先にうれしさがこみあげてきました。


初めてのテレビ出演の撮影は夏休みに行なわれました。私や家族が抱えてきたこれまでの葛藤や高校で行なったスピーチのエピソード、妹が書いた人権作文、坂倉先生の教室の仲間たちとの保育園でのコンサートの様子などが取材され、それらは「トリーチャー・コリンズ症候群　偏見に立ち向かう女子大生」というタイトルのコーナーになりました。

放送当日、テレビ画面には、堂々と話している自分の姿が映っていました。

「ああ、下を向かず、ちゃんと話せとる！」

そんな自分を第三者の目で見られたことは、改めて自信になりました。

大学生のときに入っていたヘルパーサークル「CHANGE」の仲間たちと、『24時間テレビ チャリティー・ドミノ』に参加。「誰もが安心して暮らせる社会」というメッセージを表現。

坂倉先生と一緒に、人権講演会でスピーチ。高校3年で「転機」が訪れるまでは、自分では言葉にできず、横にいる先生に代わりに話してもらっていました。

短い時間の放送にもかかわらず、「テレビを観た」と、知り合いからたくさん連絡が来ました。それだけではなく、個人のブログで紹介されたり、知らない方から私のＳＮＳに「感動した」「初めてトリーチャー・コリンズ症候群という病気を知った」「私も頑張ろう」などのあたたかいメッセージをいただいたりするなど、予想をはるかに超えた反響があり、テレビというメディアの影響力を改めて感じました。新聞に出たときは「こんなに大きな記事になった！」と身内で喜んでいたくらいだったので、初めて生の反響に触れ、「テレビに出るというひとつの行動をとっただけで、こんなに大勢の人に伝えることができるんや」と実感できたのです。

その後受けた取材が全国放送されたときは、その反響は想像を超えるさらに大きなものでした。もう何年も前に放送された番組なのに、今でもありがたいことに「観ました！応援しています！」と、メッセージをいただきます。

テレビへの疑問とＳＮＳでの発信

これ以降も、何回かテレビに出る機会がありました。

最初はテレビに出られるだけでうれしかったのですが、だんだん「あれ？」と思うことも増えていきました。

取材される側は放送されるまで「こういう番組になったんや」ということがわからないので、「自分が思っていたのとは違うな」「こんなこと言ってへんのに」と疑問に思うことも……もしかしたら、視聴率を取るための仕立てだったのかもしれません。

テレビにとって視聴率が大事ということは理解できます。でも、それで人の心を傷つけてもいいというわけではないと思います。


「テレビに出ると、たくさんお金をもらえるんでしょう?」と言われることもありますが、出演料のようなものは、これまでまったくもらっていませんし、せいぜい交通費が出るかどうか、という程度です。私がメディアに出るのはお金が欲しいからではなく、たとえ無償でも「トリーチャー・コリンズ症候群」のことを知ってほしいと願っているからです。


テレビの視聴者は中高年の方が多いのか、送られてくるお手紙は両親と同じくらいの年代の方からのものがほとんどでした。「テレビに出ても、自分と同じか下の世代の人たちにはなかなか伝わらないのかもしれない」と思った私は、自分の想いをSNSで発信することを始めました。

SNSには良い面だけでなく悪い面もありますが、私はあえて、トリーチャー・コリンズ症候群のことを知ってもらうツールのひとつとして使っています。

炎上や誹謗《ひぼう》中傷対策として、ネットでの発信は鍵付きにしています。不特定多数の人に届ければ理解を広げることはできるかもしれませんが、まだまだ表現することが苦手な私なので、自分の意図がちゃんと伝わらないかもしれないと危惧《きぐ》するからです。

「応援しています」「勇気をもらいました」「自分も頑張りたい」とメッセージをいただくと、わざわざ時間を割《さ》いて読んでくれたことがうれしい一方で、自信のない文章でも相手に少しでも伝わったことがわかって、とても励まされます。そんな人とのつながりが生まれるのも、ＳＮＳのおかげだと思います。

知ろうとしないことは誰かを傷つけるということ

私は今、坂倉先生の教室の仲間たちと毎年行なっている保育園のコンサートで、自分でマイクを持ち、園児たちにこんなメッセージを届けています。

「怖い」「変な顔」「おばけみたい」と声に出して言われたり、お友だち同士で内緒話をされたり、指をさして笑われたら、みなさんはどう思いますか？

私はとても悲しい気持ちになり、涙が出ます。

だから、悲しくさせる、嫌な気持ちになるような言葉はけっして言わないでください。

もし、家族やお友だちや周りの人が言っているのを聞いたら、

「悲しくなるから、言っちゃダメだよ！」

と教えてあげてください。

そして、困っている人、困っているお友だちがいたら、優しく、どうしたの？　大丈夫？　と声をかけ、手を差し伸べてあげてほしいです。

そうしたら、きっとうれしい気持ちになります。

周りの大人も、間違った子どもを見て見ぬふりをせず、教えてあげてほしいです。

ダメなことをしたら、相手に謝ることも大切です。

ただダメ！　と言うのではなく、何がどうしてダメなのかをしっかりと子どもに伝えていただけたらと思います。

子どもは大人には思いもつかない発想をします。たとえば目が全く見えない人に対し、「メガネをかけたら見えるのではないか」と考えたりします。本当は、その場で子どもが疑問に思ったことを解決できればいいのですが、どういう疑問があるのか、なかなか気づけません。でも、子どもは直接交流すると、すぐに受け入れてくれるところが、大人との違いだなと思います。コロナ禍の期間には、感染対策のため、オンラインでメッセージを伝えることが増えましたが、ただ映像を流したり、手紙を読んだりするだけでは、一方通行のやりとりになってしまい、やはり伝える側と受け取る側が同じ空間にいることが大事だと実感しました。

誰かに何かを伝えるということは、こちらから手渡すだけではなく、共に学び成長していくことなのかなと思います。

今でも試行錯誤の連続ですし、何度経験しても、人前に立つことが平気になったわけではありません。それでも、真剣に聞いてくれる人たちのまなざしに「話して良かった！」

と力をもらっています。伝えたいことをわかってくれる人がたくさんいると思えることは、私に新たな勇気を与えてくれるのです。

私が人前に立つときはいつも、両親がそばで見守ってくれています。

人前に出ることや人としゃべることが苦手な記代香にとって、大勢の知らん人の前で話すのは、たぶん一番嫌なことのはず。でも、自分を知ってもらいたい！ という気持ちがものすごく強いから、できているんやと思う。

もう私が代わりに言わんでいい。記代香が話すのを見ていると、「こんなふうには言えんな」と思うし、自分の想いを言葉で伝えるということについては、私より記代香の方が今ではよっぽど上手やないんかな。自分の意見をしっかり持って、それを自分の言葉で堂々と話しとる姿に、お父さんも私も大泣きしてしまう。（母・晶子）

これだけネットに情報があふれていても、世の中には知られていない病気や障害はたくさんあります。

長い間、私は見知らぬ人から嫌な言葉や視線を浴びるたび、「トリーチャー・コリンズ症候群のことはよく知られてへんのやから、しょうがない」と、自分に言い聞かせてきました。

本当に「しょうがない」のでしょうか？

傷つけられている私自身も、やっぱり自分の無知から誰かを傷つけていることはあると思います。

そう考えると、「知ろうとしない」ことは「罪」なのかもしれません。

だから、「知らない」人に知ってもらうために、私ができることはきっとあるはずだと思うのです。

もし、見て見ぬふりをしている人たちが「見る」ことをしたら。

「知ろうとしない」人たちが、「知ろう」としたら。

私の発信がきっかけで、障害に対する考え方や私への態度を変えた人がいるように、「知る」ことは相手への思いやりにつながります。

たとえば、多くの人たちがトリーチャー・コリンズ症候群のことを知ってくれたら、私や他の人たちは、誰かに傷つけられるのではないかと恐れることなく、堂々と顔を出して街を歩けるようになるでしょう。見た目で悩んでいる人たちが白い目で見られたり、嫌な言葉で傷つけられたりすることが少しでも減ってほしいと思います。

その種をまくために、ひとりでも多くの応援してくれる味方と出会うために、大切に言葉を伝え続けていきたいです。

時間はかかるかもしれません。でも、伝えたいという想いがあれば、きっといつか相手の心に響くときが来ると信じて……。

第五章

私の進む道

大人になること

私は今、二十九歳。世間では「大人」として扱われる年齢です。

自分で働いたお金で好きなものを買うこともできるし、一人暮らしなので、親からあれこれ言われることもありません。おしゃれやメイクのように、子どものときにはできなかったことも、今なら自分が「やろう！」と思えば、挑戦できます。

そんなふうに、大人になって自由にできることがいろいろ増えた一方で、「大人になってからの方が大変やな……」と思うことも、よくあります。子どもの頃はあらゆることから親が守ってくれていたけれど、大人になれば、そういうわけにはいきません。

自分はどう思うのか。どう生きたいのか。

何事も自分で決めなければいけないし、その結果について責任をとるのも自分です。

親元にいた頃は、「自分のことを一番理解してくれとる両親の言うことなら間違いない」と思い、「こうしたらええんちゃう？」と親に言われたら、「そうやなあ、やってみようかな？」と、素直に従ってきました。それで何もかも、うまくいっていたのです。裏を返せば、自分で深く考えることをしないまま、ずっと生きてきてしまったとも言えます。

そんな私が自立への一歩を歩み始めたのは、大学に入ってからのことでした。

大学四年間で学んだのは、授業の内容以上に、「自分を知る」ということ、そして「自分の考えを持つことの大切さ」でした。

試験のために教科書に書いてあることを覚える高校までの勉強と違い、大学では、レポートやグループディスカッションで常に「自分はどう考えるのか」ということが問われます。勉強が苦手な私は大学の授業についていくのも大変でしたが、何より焦ったのは自分がどう考えているかわからなかったということです。両親の考えをただ受け入れていただけで自分の意見がなく、空っぽということに初めて気づきました。

もし、大学に行っていなければ、私は両親に頼ることが当然と思いながら生きていたかもしれません。誰かが言っていることではなく、自分自身の言葉を探し、伝える経験を積めたからこそ、今、ＳＮＳで発信したり、自分なりに人前で話したりすることができているのだと思います。

見えなかった将来の進路

「現実」の厳しさを知らない無邪気な子どものときは「世界中を演奏して回るピアニスト」「お花屋さん」「ケーキ屋さん」など、無限に夢を持つことができました。でも、年を重ね、トリーチャー・コリンズ症候群によって生まれる様々な壁にぶつかるようになると、生きていくことにただただ必死で、夢を持つどころではありませんでした。
そんな私も、高校二年の進路相談を前に、大学進学か就職か、自分の行く道を決めなければならなくなりました。

頭が悪いし、学力ないし、勉強大嫌いやから、大学受験なんて無理やし……。
でも、見た目の障害がある私に働ける職場はあるんやろうか？
このまま何もせず、ずっと実家におるしかないんかな……。

考えれば考えるほど、出口が見えない迷路に入り込んだような気持ちになっていた私に、担任の先生がふたつの選択肢を示してくれました。

ひとつは、福祉の大学として知られる日本福祉大学に指定校推薦で入学する。
そしてもうひとつは、障害者枠を利用して地元の市役所に就職する。

私にも進める道がある！　ということがわかり、それまで真っ暗だった自分の将来に光が射したように感じました。

大学進学を目指すことにしたのは、「様々な人が集まる大学では、幅広く人と関われる」という担任の先生の言葉も影響しています。それまで両親の元で守られ、安心できる地域の中でしか過ごしてこなかった私でしたが、「もっと外の世界を見てみたい」「今までにない出会いを通して違う自分が見つかるかもしれん」と、大学への憧れをかき立てられました。アルバイトもしたことがない自分がいきなり働く、しかも公務員になるというのは難しいだろうけれど、大学で福祉をより深く勉強すれば、今は何ができるかわからない自分でも人の役に立てるようになれるかもしれない、という期待もありました。

受験前の高校三年の秋、両親と日本福祉大学のオープンキャンパスに出かけました。繰り返し書いてきたように、私は知らない人が大勢いる場所に行くと必ず嫌な想いをするのですが、キャンパスを歩いていても、私をジロジロ見たり、指をさしてヒソヒソ話をしたり、笑ったりする人は誰ひとりいません。笑ったりジロジロ見たりしなくても、たいていの人は、私を見ると一瞬「あれっ」という顔になるのですが、それさえなかったのです。みんな、私のことを、オープンキャンパスにやってきたひとりの高校生として、ごく自然に歓迎してくれ、「見ないようにしないと」というわざとらしさもまったくありませんでした。

私の人生でこんなことは初めてで、「こんなに大勢人がおるのに、全然嫌な想いをしやんなんて、この大学すごい！」と感動し、受験勉強を頑張るモチベーションが一気に上がりました。

初めての一人暮らし

無事、推薦入試に合格し、私は日本福祉大学社会福祉学部に通うことになりました。そのとき、一人暮らしをするという決断をしたことも、私が自立していく大きなきっかけになったと思います。

実家からキャンパスまで通うとなると往復三時間、毎日の電車通学で人目にさらされる不安とは別に、親元を離れることで自分がもっと成長できるのではと思った私は、「一人暮らしをしたい」と両親に話しました。

なかなか納得してくれなかった父とは対照的に、母はすぐ「記代香が決めたことなら」と賛成してくれました。周囲からは「よく外に出す決心がついたね」と言われたそうですが、私が自立するためには外に出る経験が必要だと、母はわかっていたのでしょう。

私を知る人の誰ひとりいない、初めての場所での一人暮らし。

小さい頃から「いつかは親がおらんくなるときがくるんやから、ひとりで生きていけるようにならんと」と言われてきて、自分のことは自分で守れるよう、頑張ろうと決めていました。

最初のうちは、ホームシックにもなりました。これまでの生活には常に両親がいて、困ったことがあればすぐに相談できたのに、それが突然なくなるという環境の変化にとまどい不安なことだらけ。母に任せきりだった家事も、すべて自分でやらなければなりません。料理も掃除も洗濯も、母があたりまえのようにやってくれていたことは、けっしてあたりまえではなかった。身の回りのことをすべて自分ひとりですることの大変さに気づいて、改めて母への感謝の気持ちが持てたのです。

それでも、電話で両親に教えてもらいながら、だんだん自分ひとりでできることも増え、同じ下宿生の友だちとお互い励まし合いながら暮らすうち、次第に一人暮らしが板についてきました。

家賃は両親に払ってもらっていましたし、まだまだ親に甘えながらの生活とはいえ、大学生になってからの一人暮らしは、私を強くしてくれたと思います。以前は、母に強く言われると、言いたいことがあっても黙るしかなかったのですが、一人暮らしをするようになってからは、「お母さん、それは違うと思うわ」と、反論もできるようになりました。また、いつも同じ屋根の下にいるとなかなかできない深い話も、電話でなら自然とできるなど、離れてはいても、両親との心の距離はかえって縮まったような気がします。

就職活動の手ごたえ

様々な人に出会い、充実した日々を送った大学生活も終わりが見え始め、いよいよ就職活動をする時期になると、高校の進路相談で示された「公務員」という選択肢が現実味を増してきました。「公務員試験なんて、自分にはレベルが高すぎるやろ」と最初からあきらめモードだった高校生のときと違い、「ダメ元でも挑戦してみよう」と思えたのは、大学での四年間、両親がいつもそばにいて助けてくれるわけではない環境で頑張ってきたことで、「大丈夫、きっとやれる。やってみなわからんし」という前向きな気持ちが生まれていたからだと思います。

学生の就職活動を支援する大学のキャリア開発課でいろいろ教えてもらい、学内で開かれていた講座でエントリーシートの書き方なども学びました。そして、愛知県のある市役所の就職試験を受けることに決めました。

面接では、これまで人前で話す経験を重ねてきたことが、大いに役立ちました。私は、Ａ４サイズのカードに「トリーチャー・コリンズ症候群という見た目の障害を持っています」「補聴器を使用しているので、大勢の中にいると音が聞き取りにくいなど不便なことがあります」など、カルテのように自分のできることと苦手なことをまとめ、それを使いながら話をしました。あんなに自分の気持ちを表現することが苦手だったのに、いつしか面接試験のような緊張する場でも、堂々と自分をアピールできるようになっていたのです。

何度も何度も練習した成果も出せたからか、終わった後はほっとしました。正式に採用が決まったときは、「本当に公務員になれるんや」と、なんだか夢を見ているような気持ちになりました。

大学を卒業したら私が帰ってくるものだと思っていた両親は、地元以外で就職が決まったと聞いて驚いたようでした。さびしがる父を「親がいなくなっても生きていけるようになりたい」と説得し、母の「この四年間で記代香は本当に成長した」という後押しもあって、父も最後は「記代香が選んだ道なら尊重する」と折れてくれました。

そして迎えた二〇一六年三月の卒業式には、両親も出席してくれました。

「ええ顔しとったなあ」

「本当に安心した」

両親からはなむけの言葉をかけられながら、私は「これからは、社会人として自分の力で生きていくぞ！」と希望に燃えていました。

社会人の洗礼

けれども、現実は甘くありませんでした。

社会人一年目で、私は職場に行けなくなるという経験をしました。渦中にいるときはつらかったのですが、この挫折は、希望や理想だけでは仕事はできないこと、そして社会の厳しさを私に教えてくれたと思います。

配属された部署は、「これまで多くの人たちに支えられ、助けられてきたので、今度は自分が助ける側になりたい」と、私から希望を出していたところで、辞令を受けたときは、「自分のこれまでの経験を活《い》かせる！」とやる気でいっぱいでした。けれども、実際の仕事はそんな生やさしいものではありませんでした。

一週間ほど電話の受け方やパソコンの使い方など、基本的な業務を上司や先輩に教えてもらったらすぐ、社会人とはどういうものかもわからないまま、仕事漬けの日々が始まりました。

現在と違い、当時は働き方改革も行なわれていなかったので、朝八時三十分の始業時間から夜九時、十時まで仕事というのはあたりまえ。職場の近くに借りたアパートに帰ると、コンビニで買ったものをレンジでチンして食べ、倒れるように眠る生活が続きました。大学生活で身につけた家事をする余裕も持てず、一日が過ぎてゆく日々……。疲れすぎてぎりぎりまで起きられないので、朝食を食べる時間がなく、健康診断では「痩せすぎ注意」と書かれてしまいました。

後でわかったことですが、私が配属されたのは市役所の中で最も忙しいと言われている部署でした。配属されたばかりの新人でも、窓口応対、かかってきた電話への対応、申請書の記載内容のチェック、関係各所への連絡、お金の管理、データ入力など、やることは山のようにありました。メモを取っていても、覚えることが多すぎて、なかなか身につきません。次から次へ「これをやって」と言われ、仕事の段取りをどうつけるのかも知らないまま、右往左往するばかり。わからないことがあっても、誰もが自分の仕事で精一杯という雰囲気があり、「今聞いたら、迷惑をかけてしまうのでは」と、途方にくれました。

「仕事って、こんなに大変なんや……」

新人なら誰でも最初は苦労すると思いますが、それまで仕事らしい仕事をしたことがなかった私には、学生と社会人のギャップは大きすぎたのでしょう。あれもこれもできない自分に、大学生活で得た自信も崩れ落ちていくような気がしました。

なんとか気持ちを前向きにしようと、「最初は大変でも、そのうち慣れていくやろ！」と、自分に言い聞かせていました。ところが、配属されて一か月、二か月と過ぎても、慣れるどころか、逆にどんどん苦しくなっていってしまったのです。

電話が怖い

それまでは、私が人と関わるときの一番の障害は見た目だと思ってきました。けれども、窓口対応など対面で話すとき、見た目が問題になるということはなく、逆に市民の方から励ましていただくことも、よくありました。

だんだんわかってきたのは、すぐにはわからない見た目以外のハンデの方が、むしろハードルになるということでした。

就職するとき、「電話応対はできます」と伝えていました。実際、それまで家族や友人と電話で話すときは、なんの問題もなかったのです。ところが、気心の知れた相手とやりとりするプライベートの電話と、仕事の電話は、まったく違いました。

職場では周囲がざわざわしているので、補聴器を使っている私には、相手の声とそれ以外の、たとえば空調やコピー機の音、紙をめくる音、足音や風の音などを聞き分けることができません。家族や友人との電話なら、しゃべり方の特徴や、どういうことを言いそうかということもよくわかっているので、なんとなく「こういうことを言っとるんかな」と判断したり、うるさければ場所を移動したり、スピーカーを使ったりすることもできます。でも仕事の電話は、基本的に会ったことのない人が相手なので、わからないときは、本当にわからないのです。「申し訳ございません、少しお声が遠いようです」と何度聞き返しても聞き取れず、泣きそうになりました。

また、私の声は音がこもったり、大きい声が出にくかったり、特定の言葉を発音しづらかったりするので、電話の相手から「なんて言っているのか、わからない」と、言われることもありました。面と向かってなら、文字で書いて説明できるのですが、電話越しだと、精一杯はっきり話しているつもりでも、なかなか聞き取れないようなのです。「山川記代香」という自分の名前さえうまく伝わらない、ということもしょっちゅうでした。

電話に出ても「あなたではわからないから、他の人を出して」と言われ、そのたびに「忙しいのに申し訳ないな……」と、小さくなりながら電話を替わってもらうことが続きました。「また相手の言っていることが聞こえへんのやないか」「『他の人に替わって』と言われてしまうのでは」と思うと、だんだん電話に出るのが怖くなり、着信音が鳴るたびに不安に陥っていました。

電話応対は仕事の基本中の基本やのに、できやんなんて……。
こんなんで、社会人としてやっていけるんやろうか……。
社会人になって、毎日のように謝る日々……。
お荷物になっとる私……。

頭の中でこんなことばかり考えて、どんどん苦しくなっていったのです。

わかりあうことの難しさ

社会人になっても、まっ先に相談したのはやはり母でした。
母からは、「上司の人や先輩に今の気持ちを話してみたら」とアドバイスをもらいました。それまでも何度も相談しようとは思ったのですが、私個人のことで時間を割いてもらうことへの申し訳なさと情けない気持ちと、そもそも忙しい職場なので、話しかけるタイミングもなかなか難しかったのです。母に言われたことで、勇気を出して職場の先輩や上司に時間をとってもらい、自分が仕事で感じている悩みを相談してみました。

返ってきたのは、あきれたような表情と、「できなくてもやらないと、仕事は身につかない」「大変なのは、みんな一緒だから」という言葉でした。

仕事だから、その答えはもちろん理解できるつもりです。けれど、私は「よろしくお願いします」の挨拶のときに、自分の障害をカルテと共に職場に伝えていました。だから返ってきたビジネスライクな答えが、少し悲しかったのです。ひと言でも「大変だね」と受け入れるような言葉があれば、その後言われたことも違う響き方をしたのではないかと思います。

「ただでさえ忙しいのに」という空気に、「一緒と違うんやけど……」と思いながら、それ以上何も言えなくなってしまいました。

このとき、障害があるからといって助けてもらえるのは、けっしてあたりまえではないということを、私は身をもって知ったのでした。助けてもらうためには、相手が手を差し伸べてくれるのを待つだけではなく、自分の側にも工夫が必要だということに気づくのは、もう少し経ってからのことです。

振り返ってみると、当時の私にはそれまでの経験で「話せばわかってもらえる」という、甘えのようなものがあったのだと思います。学生時代までは、困っていることがあれば周囲に相談して解決方法を見つけてきましたが、それができたのは、私の周りにいた人たちが福祉の勉強をしていたことも大きかったでしょう。みんな、障害を持つということについて知識や理解があり、元々、障害を持つ人を助けようという気持ちが強いので、「困っている」と言えば、こちらから詳しく説明しなくても、私の話をわかろうとしてくれたのです。そんなふうに、こちらの困りごとや悩みを一緒に考えてくれる人がいる環境は、最初は両親が私のために懸命に整えてくれたものでした。そして、ある程度大きくなってからは、私自身が自分を守れる環境を選んできたと言えます。

世の中、慈善の精神にあふれた人ばかりがいるわけではありませんし、障害についての知識や理解にも個人差があります。当時の私の職場も、忙しすぎて余裕がないということに加えて、聴覚障害を持つ職員が配属されたのは私が初めてということもあり、どういうときに聞こえてどういうときに聞こえないのか、私の説明だけではなかなかピンとこなかったのかもしれません。「電話応対はできると聞いていたのに、やってみたらうまくできないなんて、どういうことなのか」というとまどいもあったと思います。

私自身も、自分が何に困っているのか、説得力のある言葉で、わかりやすく伝えるスキルが不足していました。「聞き取りにくい」という言葉から想像することは、人によって違います。自分のことしか見えていなかったその頃の私は、そのギャップに気づかず、「なんで、わかってくれへんのやろう」と悲しむことしかできなかったのです。

もう頑張れない

ちょうどその頃、大学生のときから私のドキュメンタリーを放送してきたテレビ局が、私が社会人として新しいスタートを切った様子を番組の中で紹介しました。それを観た人から「お仕事、頑張ってください」というメッセージが来たり、窓口に来た市民の方から「テレビ観たよ。応援してるよ」などと励まされたりして、「応援してくれとる方の気持ちに応えやんと」とくじけそうになる気持ちを懸命に奮い立たせました。

でも、とっくに限界だったのです。

気がついたら、職場に行けなくなっていました。

「すみません、休みます」と、朝、職場に電話を入れることが次第に増えていきました。

「今日こそは行かな」と思っても体が思うように動かず、息苦しくなってしまうのです。

眠ることもできず、涙が止まらない。夜、明日が来るのが怖くて、でも、困難に立ち向かえない自分も情けなくて、いろいろなことを考えすぎた心はパンク寸前でした。


「ひとりでも生きていけるよう、自分から自立の道を選んだんやん？」

「仕事なんやから、こんなことで逃げたらあかん」

「障害がない人やったら、こんなことでくじけへんのかな」

「これって、甘えやんな」

「自分が弱いから、つらいと思うんやないか」


いろいろな想いが頭の中をぐるぐる回り、これまで応援してくれた人たち、そして障害を乗り越えて公務員になったことを大喜びしてくれた祖父母や親戚たちの顔が目に浮かびました。

「でも、もう無理。辞めたい……」


正直、「この世界から逃げたい」と心の中で思ったことも……。

ひとりぼっちの暗い部屋の中で、涙があとからあとから出てきて、止まりませんでした。

兄のひと言

両親には「心配をかけたらあかん」と思い、職場に行けないでいることは言っていませんでしたが、ある夜、もう我慢できなくなって、実家に電話をかけました。母からは「もっと頑張りなさい」と言われそうな気がして、なんでも受け入れてくれる父に弱音を吐くことにしました。

「今、仕事に行けてへん」「もう辞めたい」と話しているうち、最初はこらえていたのにやっぱり泣いてしまいました。

困った父の様子に、勘のいい母は何かおかしいと思ったのでしょう、途中から電話を替わり、私の話を黙って聞いていました。

悩んどったことは知っとったけど、そこまでとはわかってへんかった。

大学時代、親がそばにいないところで頑張ってきた記代香を見てきたから、社会人になってもきっと大丈夫、という気持ちがあった。その記代香が「もう辞めたい」と言う。これは、相当つらいんやなと、思った。

電話の向こうで泣いとる記代香に「そんなにつらいなら辞めたら」「帰っておいで」と言いたかった。

でも、障害があるこの子を受け入れてくれる職場が他にあるんやろうか……。今辞めてしまったら、「親が亡くなった後、ひとりで生きていけるようになりたい」という記代香の想いをどう叶えたればええのか……。

記代香の将来を考えると、簡単に「辞めてええ」と言っていいかわからなくて、すぐには言葉が出てこんかった。(母・晶子)

すると、ちょうどそのとき実家に帰っていた兄が「ちょっと替わって」と電話に出てきました。

体育会系の兄は母と性格が似ていて、はっきりものを言うタイプです。私も「甘ったれるな」とよく怒られましたし、力が強い兄とは喧嘩《けんか》しても絶対かなわないので、どんな厳しいことを言われるんやろうか……と、ドキドキしました。

ところが、電話の向こうから聞こえてきたのは、意外な言葉でした。

「無理なら、辞めたらええ」

えっ、今なんて言った？　と思うまもなく、兄は話を続けました。

「自分の職場でも、これまで仕事で悩んでつぶれていく人たちをようけ見てきた。記代香も病気になってまでやるようなことやない。そんなにつらいんやったら、帰ってこい」

仕事を辞めることに一番反対するのは兄だと、正直思っていました。その兄が「辞めていい」と言うのだから、今の自分は本当にいっぱいいっぱいなんや……。

これまで懸命に無理をしてきた気持ちがふっと楽になりました。

職場復帰まで

その頃の私は「社会人って、そういうもんなんや」と周囲に無理に合わせようとして、いつのまにか自分を見失っていたのだと思います。応援してくれる人たちの気持ちに応えようとしてつらくなってしまったのは、「それ以上頑張れやん」というサインだったのかもしれません。

精神科で自律神経失調症と診断され、「とりあえず気持ちが落ち着くまで」と、一か月病気休暇を取って、実家で過ごすことになりました。

――――――

その頃、記代香と同じ年頃の女性が職場のパワハラで自殺したニュースが流れとった。迎えに行ったら、部屋があまりに荒れていて……心がここにないような記代香の様子に、心の中で「いつこの子を失うかもしれん」と怖かった。（母・晶子）

――――――

実家では毎日三食、母の手作りのご飯を食べ、「母屋」の祖母のところへ行って、なんてことのないおしゃべりをし、母と買い物に行き、家事を手伝う……マスクをせずに堂々と出歩ける地元で、そんなありふれた日々を淡々と過ごしながら、「もう無理」「辞めたい」「消えてしまいたい」と悶々《もんもん》と悩んでいた心も、少しずつ落ち着いていきました。私が生まれたときがそうだったように、近所の人たちの誰も、ずっと実家にいる私に「何があったん？」などと探りを入れたりもせず、見守ってくれていたこともありがたかったです。そんな安心できる環境が、心の回復を早めてくれたような気もします。

このとき、誰よりも私を癒やしてくれたのは、飼い犬の力空《りく》でした。

基本的に性格は「お殿様」の力空ですが、私が仕事に挫折して実家に帰っている間、まるで私のつらさがわかっているかのように、ずっとそばに寄り添っていてくれました。犬は言葉を話しませんが、それだけで、「大丈夫」「そばにおるよ」というあたたかい気持ちが伝わってくる気がしました。

医療機関などでも動物の癒やし効果に着目し、アニマルセラピーが取り入れられています。言葉がなくてもコミュニケーションができるからこそ救われるのかもしれません。泣きたくなったとき、外の空気を吸いながら力空と一緒に散歩していると、自然と心が落ち着いてくるのでした。

「もう少し、仕事を頑張れるかもしれん……！」

私はだんだんと元気を取り戻し、職場復帰に向けて、リハビリのように少しずつ出勤することになりました。しばらくは市役所の建物を見るだけでつらい気持ちを思い出し、「息のしかたってどうやるんやったっけ？」と忘れてしまうほど苦しくなっていましたが、周囲が見守ってくれたおかげで、そういうことも次第に減っていきました。

私が「もう無理です」と訴えたとき、「辞めたいならどうぞ」と手を離されていたら、今の私はいなかったでしょう。フルタイムで働ける状態になるまで心身を整える時間を作ってもらえたことで、私はもう一度、社会人として歩き出すことができたのです。

一歩ずつでも、前に進む

社会人二年目からは、大学生になった妹と一緒に暮らすことになり、妹は卒業して就職するまで家事を引き受けるなど、私の生活をサポートしてくれました。そうやって家族や職場の人たちに支えられながら、私は仕事を続けることができています。

今の部署に移ってからは、自分には難しいことにどう対応すればいいのか考える時間もでき、障害があってもできることを見つけていこうと、自分なりに取り組めるようになりました。怖かった仕事の電話も、相手の声が聞き取れなかったり、自分の言っていることが伝わらなかったりすることはまだまだありますが、受信音に気づいたら出るように心がけています。そうやって電話に出ているうちに、私の発音では伝わりにくい言葉を話す前に予測できるようになり、「レジュメ」を「プリント」、「矯正」を「歯の矯正」「歯の治療」などと言い換えたり、言葉を付け加えたりしています。そうした工夫を重ねることで、以前よりは会話で苦労することが少なくなった気がしています。

また、定期的に面談の機会を設けてもらい、仕事をする上で困っていることがあるときは、自分ひとりで抱え込まず、上司や先輩に相談できるようになりました。それ以外でも、「背後から声をかけられても、他の音にまぎれて気づかないことがあるので、顔を見て名前を呼ぶなどしてほしい」などと、できるだけ具体的に伝えるようにしています。

「特別扱いしてほしい」ということではありませんが、障害を持っていると、自分ひとりではできないことが必ず出てくるのです。「こういうことが自分には難しいから、助けてほしい」ということがうまく伝わらないときには、時間をかけてコミュニケーションをとっていける関係作りも大切です。

人見知りの私には難しいことなのですが、社会人として仕事をする中で「人見知りやから」ですませてはいられません。コミュニケーションが苦手な自分をどう変えていくか、生きていく限り、これからも向き合っていくことになるでしょう。

最近、車の運転を始めました。

地方在住だと車が主な移動手段ということがよくあります。自分で運転できないと、いつも誰かの車に乗せてもらわないといけないし、仕事でもプライベートでも行動範囲が自《おの》ずと狭くなってしまうので、ずっと「なんとかしたい！」と思っていました。私の実家は車がなければ不便な場所にあり、帰るときはいつも父に送り迎えをしてもらっているので

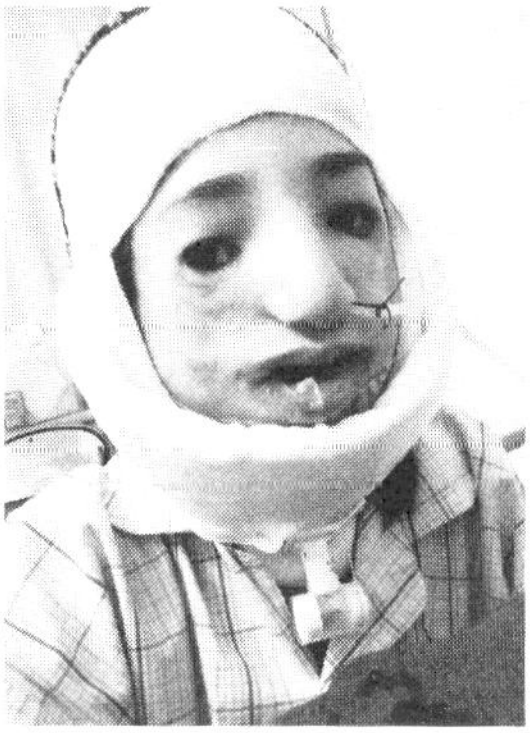

大学3年生のとき、呼吸しやすくなるよう気道を広げる形成手術を受けました。入院中は声が出せず、呼吸することやごはんを食べることにも苦労しました。これが現時点でできる最後の手術に。

（中）大学でいつも一緒にいた友だちと。（下）卒業式で記念撮影。親元を離れ、一人暮らしを始めた大学時代は、私にとって自立のための大きな一歩になりました。

何度やっても、人前に出て話すことは苦手です。でも、自分の言葉で想いを伝えるからこそ、聞いた人の心に届くのではないかなと思っています。

地元の保育園で、坂倉先生の教室の仲間たちと演奏会。子どもたちが障害を持つ人への理解を深め、いつかみんなが生きやすい社会になっていってほしい。

社会人になって初めてのお給料で、これまでお世話になった両親や親戚を招いてご馳走。テレビのドキュメンタリー番組で取材されました。

すが、父に負担をかけたくないし、自分で車を運転できれば、いつでも思い立ったときに帰れます。

車の免許自体は、高校を卒業するときに取得していました。ところがその後、気道の狭さが原因の睡眠時無呼吸症候群と診断され、運転中に突然眠気に襲われる危険があるため、主治医の先生から「運転しない方がいい」と言われてしまったのです。私の場合、骨格の問題で、睡眠時の呼吸を改善するＣＰＡＰ（シーパップ：経鼻的《けいびてき》持続《じぞく》陽圧《ようあつ》呼吸《こきゅう》療法《りょうほう》。専用の機械で鼻から空気を送って気道を広げ、睡眠時、無呼吸にならないようにする治療法）をしないと、平均より二・五倍早く動脈硬化になる確率が高く、夜、熟睡できないことがわかりました。そこでＣＰＡＰを使い始めたのですが、頬骨がないため、口を覆っている部分にすきまができ、そこからもれてくる風で目が乾燥するなど、様々なデメリットが出てきてしまいます。「やっぱり、あるものをそのまま使うことは難しいんやな」と、試行錯誤しながら自分の周りにあるものを使ってすきまを埋めるなど工夫し、数年かけて、やっとＣＰＡＰにも慣れ、以前より熟睡できるようになってきたので、運転に再チャレンジすることにしました。

まずはネットで調べて見つけた出張型のペーパードライバー向け講習に申し込み、運転の勘を取り戻すための練習をしました。今はまだ父に助手席に乗ってもらっての運転ですが、いずれは実家や病院も自分の運転で行けるようにして、行動範囲を広げたいと思っています。何より、私が運転できるようになれば、家族や祖父母の足として、役に立つことができるでしょう。

多くの人にとっては車の運転なんて、特に意識せずやっていることかもしれません。でも、ずっと「せっかく運転免許を取ったのに、持っとるだけで運転できやんなんて」と思っていましたし、「いつかは挑戦しやんとあかん」と考えていたことにやっと踏み出せたことは、私にとって大きな意味を持っています。他にも、「やらなければ」「やりたい」と思いながらも動けていないことはいろいろあるのですが、少しずつでも、前に進んでいきたいと思っています。

記代香が親元を離れてもう約十年。今になってみると、親ができることなんてたかがしれとるな、とつくづく思う。守ることはできても、トリーチャー・コリンズ症候群という病気を代わってやることはできやんし、私らにはわからん、記代香だけの痛みや苦しみはたくさんあるはず。

記代香は「自分は弱い」と思っとるみたいやけど、そんなことはないし、むしろ私にはない強さがある。その強さは、やっぱりトリーチャー・コリンズ症候群という病気を持っていることから来とるんやよね。「この病気を治したい！　少しでも良くなりたい！」という想いがあるからこそ、壁があっても乗り越えていけるし、自分が頑張る姿を通して、他のトリーチャー・コリンズ症候群の子たちにも前向きなメッセージを届けたいという使命感も持っとる。その想いの強さが、記代香を支えてくれているんやと思う。

普段はわざわざ口に出さへんけど、早くに亡くなってしまうトリーチャー・コリンズ症候群の子もおる中で、今、こうして生きとってくれとることに、本当にありがとうという気持ちでいっぱい。この先も、記代香は記代香のままで、記代香にしかできへん人生を生きていってほしい。

もう親が前に出ていくような年齢やないけど、何かあれば、お父さんも私もいつでも助けに行くから。(母・晶子)

自分を大切にするということ

病気休暇を取り、実家に帰っていたとき、「ひとりでも生きていけるようになりたい」と自立の道を選んだのに、また親を頼ることになってしまい、情けない気持ちもありました。けれども、苦しいときにはまずは自分を大切にしていいのだと今は思います。

あの頃の私は、「社会人になったんやし、自立して、何でも自分でやらんとあかん」と気負いすぎていたのかもしれません。「自立」は、ひとりぼっちで頑張ることではありません。自分ではどうしようもできないときは、誰かに「助けて」と言えばいいのです。無理してつぶれてしまったら、「自ら立つ」ことはできなくなってしまうでしょう。それよりも差し伸べてくれた手を握り、また歩き出せる方がいいに決まっています。そして、今度は自分の経験を他の誰かと共有し、支えになれるかもしれません。

私のこれからの目標としては、自分の見た目に悩んでいる人たちが、「ひとりじゃない」「味方もいるんだ」と感じて、少しでも気持ちが楽になれるような場を増やしていけたらいいなと思っています。


今も悩みがないわけではありません。

三十歳を目前に、「自分はこれからどう生きていきたいんやろう」「今の自分は思うように生きられとるんかな」など、とてもモヤモヤした気持ちを抱えています。

周囲の大半があたりまえのようにしている結婚や子どもを持つことも、私にとっては、高い壁です。

子どもを産んでも半分の確率でトリーチャー・コリンズ症候群が遺伝してしまうと考え

ると、家庭を持つことが自分にとって本当に幸せなのかどうかも、わからなくなります。相手の人生に影響するからこそ難しい。障害を持っていれば、きっと同じように悩んでいる人が多いでしょう。

それでも私は、幸せの形をいろいろな角度から見るようにしています。今も幸せですが、いつか両親に安心してもらえる環境で「もう大丈夫、幸せやで！」と言えるようになりたい。

先のことは見えないし、正直、不安だらけです。

たくさん悩みながらも、最後はなんとかなる、と自分を励ましています。

「きっと大丈夫！」
「記代香ならできる」
「負けたら、あかん！」
「よく頑張っとるね！」

子どもの頃は、周りにいる人たちがかけてくれた応援の言葉の意味を、深く考えることなく、いつものことと聞き流していたところがありました。でも、思いやりにあふれたたくさんの言葉は、いつしか私の胸に刻み込まれ、今ではまるで言霊《ことだま》のようになっています。

何度も何度も心の中で唱えているうち、自然と心もポジティブに変われる気がします。

どんなことがあっても、いつも笑顔で、前向きに歩いていける自分でありたい。

それが、私を応援してくれているたくさんの人たちへの恩返しなのだと思っています。

おわりに　――自分の人生を生きるということ

この本を手に取って最後まで読んでいただき、ありがとうございます。

本を書くということは、私にとって夢であると同時に、とても大きな挑戦でした。私がこれまで生きてきた中で体験してきたこと、考えてきたことを文章にまとめていくのは、けっして簡単なことではなく、編集スタッフの方にもいろいろと助けていただきました。その過程で、「知ること」「伝えること」の難しさを改めて知ることもできました。

たとえば、コロナ禍で直接会ってのコミュニケーションができなかったとき。相手の言葉や行動の意図がはっきりわからず、悩んだり傷ついたりしたこともありました。

それでも、無事、本ができたのは、お互い生身の人間としてきちんと向き合い、この本にかける熱い想いを伝えあって、気持ちを通わせることができたからだと思います。

メールや電話、オンライン通話は便利なものですが、それだけでは言葉と言葉の間にあるニュアンスや微妙な表情、声のトーンなどは伝わりにくく、うわべだけで判断してしまいがちになります。実際に会って話すことでしか伝えられないことがあることに気づきました。

だからこそ、本という形でどれだけ自分の想いが伝わるのか、とてもドキドキしています。

トリーチャー・コリンズ症候群という難病を持って生まれた私を、「かわいそう」と思う人も中にはいるかもしれません。

この病気のために「不便」なことは確かにあります。でも、それが「不幸」かどうかはわかりません。たくさん傷ついてきたのも事実ですが、その分、人に優しくできる、寄り添う（手を差し伸べる）ことができるのではないかと思っています。

何よりも、私自身は自分のことを「かわいそう」と思っていません。

この顔で生まれたからこそ、私を守り、背中を押して応援してくれる人たちとの多くの出会いがあったのだと思いますし、仮に生まれ変わったとしたら、この素晴らしい出会いを失ってしまうような気がして……。だから、生まれ変わりたいとは思わないのです。

私が生きてきた後ろには、私を必死に守り育ててくれた両親や、支えてくれたたくさんの人たちがいます。「せっかくこの病気に生まれたのだから、意味のある生き方をしたい」と、前向きにとらえるようにしています。

今まで経験してきた悲しいこと、うれしいことすべての出来事が、私につながっているのです。


本にも書きましたが、高校三年のときに全校生徒の前で自分の想いを話した経験もそのひとつです。自分の言葉で伝えることが、お互いの理解への一歩であること、そうすることで自分もより生きやすくなることを知り、それが自分から発信する原動力へとつながっています。


「伝える」ということは、私にとって大きなテーマでした。

今もまだ克服できているとは言えませんが、泣いてばかりで話すことができなかった私が成長することができたのは、時間をかけてでも挑戦できる場所があったのと、たくさんの人の出会いと助けがあったからです。

一歩外に出る勇気を持つことさえできれば、出会いは生まれると思います。その出会いのおかげで、私は今、はっきりと「生まれてきて良かった！」「生きてこられて良かった！」と胸を張ってみなさんに伝えることができるのです。

今までたくさんの手術を受けてきた私の体には、多くの傷痕が残っています。けれどもこの傷痕があるからこそ、私は生きることができています。私にとって体の傷は、生きるために懸命に闘ってきたことを示す「勲章」なのです。

心の傷も、それと同じではないでしょうか。

数えきれないほど悩んだり苦しんだりして、もう立ち上がれないと思うほど落ち込んだこともありました。でも、人に傷つけられるのと同じくらい、人に助けられてきたのも事実です。そんなたくさんの経験の上に、今の私がいます。

これは他の誰のものでもない、私だけの人生なのです。

時々、ネットで「自分が記代香さんだったら、耐えられない」「自殺する」「生きていける自信がない」といった書き込みを見ることもありますが、そのたびに、不思議な気持ちになります。

「自分だったら、耐えられない」という人たちは、私の人生のつらい面だけを切り取って、そういう感想を持つのかもしれませんが、見た目だけで判断して、「無理」と決めつけてはいないでしょうか。誰の人生でもつらいことや苦しいことはあると思いますし、うれしいことや素晴らしい思い出もたくさんあるでしょう。同じように、私にはトリーチャー・コリンズ症候群に生まれたことで得た、宝物のような出会いや経験があるのです。

今ではそうしたネットの書き込みに傷つくことは少なくなりましたが、「勝手に私の人生をあなたのものにしやんといて」、と思います。

私だけでなく、誰かの境遇を話題にして「自分だったら〜」と言う人も多い気がしますが、「自分だったら」などと、他人の人生を自分に置き換えること自体、おかしなことだなとも思います。他人の人生と自分の人生を置き換えることはできませんし、知ってもらうにも限界はあると思います。

人は生まれた瞬間から、その人だけの人生を生きていくしかありません。

そのひとつひとつが、かけがえのない人生であり、誰かが途中から他人に成り代わって生きることはできないはずです。

時々、「私は弱いから、あなたのようにはできない」というコメントを見ることもあります。私自身も弱い人間なので、「こんな自分にはできない」と否定的になる気持ちは、ものすごくよくわかります。

不思議なことですが、それでもいつか必ず頑張れるときが来ます。

「できない」とあきらめていては、何も始まらない。楽にしていたら、その分苦労するときが来るように、人生、苦も楽も回り回って、うまく成り立っている気がします。

過去を変えることはできないけれど、未来を変えることはできる、と私は思います。どう変えればいいのでしょう？

多くの人が答えを探しているのではないでしょうか？

私もそのひとりです。

これから先、どんなことが待っているのか？

それは、人と出会うことで答えが見つかっていくのだと思います。

だからこそ、トリーチャー・コリンズ症候群も含め、見た目で悩んでいる人が白い目で見られたり、嫌な言葉を言われたりすることが少しでもなくなってほしい。そして、これから生まれてくる子どもたちが、見た目で傷つけられることのない社会になっていってほしい。

この本で、そんなメッセージを届けられたのなら、とてもうれしいです。

最後に、ここまで読んでくれたあなたに、「はじめに」で投げかけた三つの問いを、もう一度贈りたいと思います。

あなたは、どんな人生を歩んでいますか？

あなた自身、自分の生き方に満足をしていますか？

あなたという存在をどれだけ他人に伝えられていますか？

頑張りすぎず、ときには人に頼りながら。

顔を上げ、前を向いて、自分だけの人生を生きていくために一緒に歩いていきましょう。

一歩一歩、ゆっくりでも確実に進めていると信じて。

トリーチャー・コリンズ症候群について

トリーチャー・コリンズ症候群（Treacher Collins Syndrome：TCS）は、約一～五万人に一人の割合であらわれると言われる先天性疾患である。九〇%の症例がTCOF1遺伝子の突然変異で、患者の六〇%は両親や血縁者にトリーチャー・コリンズ症候群の人がいない新規突然変異で発症する（著者もこのケースにあたる）。大部分は常染色体優性遺伝のため、患者の子どもは五〇%の確率でTCSとなる。

TCSでは、胎児期にあごから頬骨、耳への分化がうまくいかないため、頬骨や眼窩下縁《がんかかえん》、あごの骨、耳が完全な形で形成されず、最重度になると、頬骨や耳がまったくない状態で生まれてくることもある。それにより、特徴的な見た目（たれ目、頬骨欠損、小さなあご、耳介欠損）の他、以下のような様々な困難が生じる。

1．呼吸の問題

あごの骨が小さく生まれることで気道が狭く、無呼吸になりやすいことから、特に乳幼児では、眠っている間に突然呼吸が止まり、命を落とすこともある。

口呼吸になりやすく、子どもでもいびきをかいたり、睡眠時無呼吸症候群などの問題が起こることがある。寝ている間だけでなく起きている間でも息苦しさに悩まされたり、風邪をこじらせて息ができなくなり、それが原因で死に至ることもある。夜に熟睡できないことで、成長期に十分な成長ホルモンが出ないことも懸念される。気道を確保するために気管切開を行なうケースも多いが、常に吸引装置を持ち歩く必要があるため、特に子どもの場合は専門の介助者を必要とし、普通学級に受け入れられないこともある。

2．嚙み合わせ

あごの骨が小さいため、歯が収まり切らずに嚙み合わせが悪くなることから、食事から十分な栄養を摂りにくい。嚙み合わせが悪く、上下の歯をしっかり嚙み締められない状態を放置しておくと、三十～四十代という早い時期で歯が抜け始め、総入れ歯になる。治療の一環として行なわれる歯科矯正は、見た目ではなく、歯を守り、このような状態を回避することが目的である。

3．口蓋裂

上あごが裂ける口蓋裂も、トリーチャー・コリンズ症候群でよく見られる症状である。乳児は口で飲ませたミルクや離乳食が鼻から出てきてしまうため、カテーテル（管）による栄養摂取が必要になる。

呼吸の問題が深刻な場合、口蓋裂の手術をするとさらに呼吸困難になることから、口蓋裂の手術は行なわない。しかし、その結果、うまく食べられないという問題が残ってしまう。

4．聴力の問題

耳がうまく形成されない状態で生まれてくるため、聴力に問題が出やすい。その場合、幼いときから補聴器が必要になるが、耳の穴が形成されていない（外耳道閉鎖）ケースでは骨伝導補聴器（骨端子が外部の音を拾う機械から伝わる振動を頭蓋骨の聴覚神経に響かせ、それが音として内耳に伝わる）を使用する。なお、補聴器は必要な音だけでなく周囲の音をすべて拾うため、騒がしい場所では相手の話が非常に聞き取りにくくなるなど、補聴器があれば聴力の問題がなくなるわけではない。

5．ドライアイなど目のトラブル

頬骨や眼窩下縁がない、あるいは一部しか形成されていないことで、下まぶたを支えることができず、目が下がってきて、目を閉じても半分開いている状態になる。まばたきがしにくい、逆さまつげなどの問題が生まれるため、ドライアイ、涙がこぼれやすい、目やにが出やすいなどのトラブルが生じやすい。

6．構音障害

気道が狭いことで大きな声が出しづらく、また口蓋裂があると鼻から空気がもれるため、少しこもったような発音になったり、特定の音がはっきり言えなかったりする。ただし専門家の指導を受けることで、改善が見込まれる。

7. 日常生活の不自由

頬骨がうまく形成されていないことでメガネやゴーグルをつけてもずり落ちてきてしまう、耳が形成されていないことで一般的なマスクやイヤホンをつけられないといった様々な不自由を経験する。

見た目と同様、右記の症状の出方には個人差がある。形成外科、呼吸器内科、口腔外科など複数の科を受診の上、成長過程で数回にわたる形成手術が必要となるが、幼少期は親が子どもに代わって手術を受けるかどうか判断することになる。

手術を受ける時期は、一歳半頃から可能となる口蓋裂の手術を皮切りに、体の他の部位から骨の移植なども行なうため、骨の成長に合わせて、適切な年齢で手術を受けることが求められる。特に耳をつくる耳介形成術は、両耳合わせて（通常）四～六回の手術を行なうことや、移植する肋軟骨《ろくなんこつ》の状態などから、遅くとも十一～十二歳頃までに行なわなければならない。また、体に多大な負担をかける手術や長期入院を伴う手術が多いことから、手術と手術の間隔はある程度空けることになり、必要な手術がすべて完了するまで、通常十数年にわたる治療が続く。必要な手術を受け終わった後も、定期的な通院で状態をチェックしていく。

手術の方法は進化しているが、現時点では手術でトリーチャー・コリンズ症候群を完全に「治す」には至らず、補聴器など補助具も使いながらＱＯＬ（生活の質）を高めていくことが重要となる。

監修：藤田医科大学病院　奥本隆行教授（形成外科）、近藤俊講師（小児歯科・矯正歯科）

大丈夫《だいじょうぶ》、私《わたし》を生《い》きる。

2023年7月31日　第1刷発行

著者　山川《やまかわ》記《き》代《よ》香《か》
発行者　樋口尚也
発行所　株式会社　集英社
〒101-8050　東京都千代田区一ツ橋2-5-10
電話　編集部　03-3230-6141
読者係　03-3230-6080
販売部　03-3230-6393（書店専用）

印刷所　凸版印刷株式会社
製本所　株式会社ブックアート

ISBN978-4-08-781730-0　C0095